Le Feu et la Cendre

LEGACY 2

REBECCA YARROS

Le Feu et la Cendre

LEGACY 2

Traduit de l'anglais (États-Unis) par Judith Strauser

Michel LAFON

Titre original : *Ignite*

14, boulevard de la Madeleine
75008 Paris

www.michel-lafon.fr

À Christina,
Running Woman.
Pour les cafés glacés, ta compagnie,
les cupcakes, les coups de fil,
tout le soutien moral,
et pour m'avoir tirée de ma coquille.
Tu es la mère que j'aurais toujours voulu être…

1

River

Bordel, qu'est-ce que j'étais fatigué !

Il faisait encore jour quand je suis sorti de Soleil de minuit, la caserne des Têtes brûlées, à vingt et une heures quarante-cinq. Jamais de ma vie je n'avais connu de nom aussi parfait pour une équipe de pompiers d'élite. On vivait ici depuis sept ans – depuis que j'avais été accepté à l'université de l'Alaska – mais le grand jour des soirées d'été du Nord me surprenait encore de temps en temps.

J'imagine que mon cerveau était resté bloqué au Colorado.

– Eh ben, Riv, c'était long cette fois-ci ! a dit Bishop en passant son bras autour de mon épaule, le même geste qu'il faisait après chaque incendie qu'on affrontait ensemble.

Je savais qu'il désapprouvait ma décision de l'avoir suivi dans cette vie. Il s'imaginait quoi, bon sang, que j'allais laisser mon grand frère s'engager seul dans la même voie que notre père ? Hors de question. Dès que j'avais eu l'âge requis, je m'étais porté candidat, j'avais bossé comme un malade à la fac pour obtenir mon diplôme de foresterie, et voilà.

– Content que ce soit fini. On a eu chaud.

J'ai déverrouillé mon pick-up tandis qu'il m'ébouriffait les cheveux comme quand on était gamins. Des mèches de mon épaisse chevelure brune se sont accrochées dans ma barbe naissante quand il a enlevé sa main. Je pouvais tolérer cette longueur jusqu'au menton, mais pas plus ; je me demandais comment Bishop se débrouillait pour que ses cheveux longs ne le gênent pas. « Notre mère est cheyenne », c'était l'explication qu'il me donnait toujours.

– Ouais, c'était dur, a-t-il reconnu. Tu pourrais toujours prendre un boulot confortable au service des Forêts. Zéro incendie, horaires fixes, beaux paysages…

Il a déverrouillé son propre pick-up.

– Ça risque pas d'arriver, j'ai dit en jetant mon sac bien crade sur la benne.

– Eh ben moi, je préférerais, a-t-il marmonné.

Il n'avait que trois ans de plus que moi, mais il prenait son rôle de grand frère très à cœur.

– On va à la salle demain ? j'ai demandé, ignorant sa remarque.

– Comme d'habitude.

Il a grimpé dans sa bagnole.

Je l'ai imité, me glissant derrière le volant. J'ai fermé la portière, démarré le moteur, et un instant plus tard j'étais sur la route qui quittait Fairbanks en direction de ma maison à Ester.

Bishop était un malade de la gym. *T'as intérêt à courir plus vite que le feu*, il me disait toujours. Du coup, il me poussait à fond, comme si les flammes me talonnaient en permanence. Je ne me plaignais pas du corps que ça me donnait, il attirait plus qu'assez l'attention de la gent féminine. Enfin, même si j'avais bien entendu goûté au buffet féminin qu'offrait la région, mes exploits étaient loin d'être comparables à ceux de Bishop.

Ceci dit, on avait ça en commun, on n'était jamais restés plus de six mois avec la même femme. Bishop avait tendance à les quitter à ce moment-là, et quant à moi... Disons que les filles finissaient toujours par comprendre qu'elles n'étaient pas ma priorité n° 1, ce qui, c'était bien légitime, les foutait en rogne.

Le soleil commençait enfin à descendre quand j'ai quitté la nationale pour entrer dans Ester. Il était vingt-deux heures, bon Dieu. Les nuits chaudes et étoilées du Colorado me manquaient. Bien sûr, les aurores boréales étaient formidables… mais ce n'était pas la même chose.

Ne te plains pas de toute cette lumière. Bientôt, il fera nuit toute la journée ou presque.

Il y avait une place libre sur le parking du Golden Eagle Saloon et je m'y suis garé avant d'éteindre le moteur et de sortir de mon pick-up. J'empestais la fumée et la sueur grâce aux dix jours de mon combat intense contre le feu, mais je savais que si je ne passais pas la voir, elle ferait un scandale.

Et puis j'avais vraiment envie de la voir.

La musique était forte quand je suis entré dans le bar construit en rondins, à l'ancienne. On était samedi soir, c'était plutôt bien rempli.

– River ! m'a hélé Jessie Ruggles au bar, avec une jupe bien trop courte pour ses jambes interminables.

Je ne m'en plaignais pas.

– Tout le monde est rentré sain et sauf ?

– Ouais, tous indemnes, j'ai répondu. Est-ce que tu as vu…

– River !

Je me suis tourné dans la direction du cri et j'ai immédiatement fait face à soixante kilos de perfection. Elle me jurait que c'était plus que ça. Je ne la croyais jamais.

Avery a bondi, et je l'ai facilement rattrapée. Elle a noué ses bras autour de mon cou, l'un d'entre eux soutenant l'arrière de ma tête d'un geste bien à elle qui me faisait toujours complètement fondre.

– Tu n'as rien, a-t-elle murmuré contre ma peau.

Même au beau milieu du bar et de la foule, elle sentait fantastiquement bon, un mélange de pomme et de cannelle.

– Je n'ai rien, Avery, j'ai promis, en pressant mes deux paumes contre son dos. Tout le monde va bien.

Elle a acquiescé sans un mot, se contentant de me serrer un peu plus fort. J'étais rentré de je ne sais combien d'incendies au fil des années depuis qu'elle était devenue ma meilleure amie, et elle m'accueillait toujours de la même manière à mon retour.

Il n'y avait rien de mieux au monde.

Je suis resté debout au milieu du bar et je l'ai laissée me serrer dans ses bras aussi longtemps qu'elle le voulait. Pas seulement pour elle, en fait, mais surtout parce que je ne me lassais jamais de l'avoir dans mes bras.

Avery Claire était ma meilleure amie depuis mes dix-huit ans.

J'étais aussi secrètement amoureux d'elle depuis mes dix-huit ans.

Peut-être qu'un jour elle serait prête à l'entendre, mais je savais que ce jour-là n'était pas encore venu. Et putain, l'année à venir ne s'annonçait pas prometteuse non plus.

Avery a inspiré profondément une dernière fois dans mon cou, puis m'a glissé des mains. Une fois que ses pieds ont retrouvé le plancher, elle a reculé de quelques pas puis m'a scruté de haut en bas, à la recherche de tout ce qui pourrait ressembler de près ou de loin à une blessure. Elle a coincé ses longs cheveux blonds derrière ses oreilles avant de hocher la tête, satisfaite. Avery était claire là où j'étais foncé : sa peau était pâle alors que la mienne était brunie par le soleil et l'hérédité cheyenne de ma mère. Elle était petite, j'étais grand ; elle avait des courbes, et moi, une silhouette faite d'angles. Et ce petit short qu'elle portait ne cachait pas grand-chose de ses jambes musclées.

– Tu vois, je n'ai rien, j'ai dit avec un petit sourire.

– Tu le jures ? a-t-elle demandé en plissant ses magnifiques yeux bleus.

– Je pue la fumée et je suis complètement crevé, mais à part ça, je suis en un seul morceau. J'étais en route pour rentrer, mais je me suis dit que puisque tu travaillais ce soir…

– Et que je t'en collerais une si tu ne me disais pas que tu étais rentré…

– Je pourrais t'envoyer un texto.

– Ce n'est pas pareil.

Son sourire était tellement radieux qu'il aurait pu éclairer le monde entier.

– Je suis contente que tu sois rentré.

– Moi aussi. Est-ce que j'ai manqué à Zeus ?

– Ton husky est le chien le plus timide et le plus collant que je connaisse, mais ça va, il a eu sa dose de friandises et il est chez toi, très satisfait.

– C'est un gros bébé, j'ai admis.

– Tout comme son maître, a-t-elle ajouté, taquine.

– Avery, tu envisages de te remettre au boulot à un moment ? a demandé Megan derrière le bar, de sa voix rauque de fumeuse invétérée.

Depuis que j'étais arrivé, sept ans plus tôt, cette femme n'avait pas changé. Elle n'avait pas d'âge et semblait figée quelque part dans la cinquantaine.

– Oui, répondit Avery. Désolée, faut que j'y retourne.

– Je sais. T'inquiète. On se voit demain…

– Riv !

Adeline s'est jetée sur moi en courant, une boule de cheveux emmêlés et de genoux saillants. Je l'ai attrapée au vol sans problème et l'ai serrée bien fort.

– Salut, Addy ! Qu'est-ce que tu fais là ?

Elle m'a regardé d'abord, avant de jeter un coup d'œil à Avery.

– Je devais aller chez Stella, mais elle allait quelque part avec ses parents.

J'ai acquiescé et tourné mon regard vers Avery, qui se mordait la lèvre. Je savais qu'elle détestait être forcée d'amener Addy avec elle au bar – sa sœur n'avait que treize ans – mais pas autant qu'elle détestait la laisser seule à la maison avec leur père.

– Et si tu venais passer la nuit chez moi ?

Elle a écarquillé les yeux, tout excitée.

– Je pourrais regarder *Game of Thrones* ?

– Nan, j'ai répondu. Mais je crois que j'ai tous les épisodes de *Arrow*.

– OK, ça peut le faire. Stephen Amell est sexy.

– Si tu le dis, j'ai rigolé.

Addy me mettait toujours de bonne humeur.

– Tu es sûr que ça ne te dérange pas ? m'a demandé Avery en se tordant les mains.

J'aurais voulu prendre son visage dans ma main, caresser ses joues et déposer un doux baiser sur ses lèvres. Au lieu de ça, j'ai serré ses mains dans les miennes.

– Cela ne me pose aucun problème. Pourquoi tu ne nous rejoindrais pas quand tu auras fini ? Tu dormiras avec Adeline, et on ira prendre le petit déj ensemble demain matin ?

Elle a hoché la tête en souriant.

– D'accord. Je fais la fermeture à deux heures, je viendrai après.

J'aurais dit n'importe quoi pour la voir sourire comme ça, insouciante, heureuse. Elle était toujours belle, mais avec ce sourire-là, elle devenait instantanément magnifique.

– Tu as la clé, tu peux entrer direct. Addy, tu es prête ?

– Oui !

Son excitation m'a fait rire.

– OK, ne t'emballe pas, Zeus risque de vouloir dormir avec toi, et il vole les couvertures.

– C'est vrai, mais il tient chaud.

– C'est clair, j'ai reconnu avant de me tourner à nouveau vers sa sœur aînée. À demain matin, alors ?

Elle a fait oui de la tête avant de se mettre sur la pointe des pieds pour me serrer dans ses bras. C'était la seule manière de réduire la différence entre mon gabarit d'un mètre quatre-vingt-quinze et son mètre soixante-huit.

– Merci de t'occuper d'elle, a-t-elle dit en me serrant fort. Je ne pouvais pas la laisser là-bas toute seule. Il est tellement méchant, le soir.

Quand il a bu.

– Pas de souci.

Je l'ai serrée en retour avant de la libérer.

Puis j'ai emmené Adeline chez moi.

– J'adore ta maison, a-t-elle dit en montant les marches du porche.

– Elle n'est pas aussi grande que la tienne, j'ai répondu avant de glisser la clé dans la serrure.

J'avais construit moi-même cette maison – avec l'aide de Bishop et d'ouvriers du bâtiment que j'avais payés, bien sûr – et j'aimais beaucoup son architecture traditionnelle en rondins, même si je savais que ce n'était pas grand-chose.

– Mais je me sens plus chez moi ici, a-t-elle dit alors que j'ouvrais la porte.

– Oh !

Zeus s'est précipité dehors et m'a coupé le souffle en me taclant au sol. Il pesait de tous ses cinquante-cinq kilos sur ma poitrine et me léchait la figure en geignant.

– Mais oui, moi aussi tu m'as manqué, mon vieux, je lui ai dit en caressant son épaisse fourrure.

Ses yeux bleus me regardaient avec désapprobation, comme si c'était moi qui contrôlais la durée des incendies, puis il m'a laissé me relever. J'ai continué à lui caresser la tête et il a commencé à me pardonner.

– Reviens quand t'auras fini tes affaires, je lui ai dit, et il a filé comme une flèche dans la forêt.

C'était bien pratique d'avoir mille mètres carrés de terrain pour moi tout seul.

J'ai posé deux doigts sur mes lèvres avant de les presser contre la photo encadrée de mon père accrochée dans l'entrée. Il y avait des rituels à respecter dans la vie, et celui-ci en était un.

– Je suis rentré, papa.

– Pourquoi tu as fait ça ? a demandé Addy.

– Je le fais chaque fois que je reviens d'un incendie, j'ai expliqué en ramassant mon sac.

– Parce qu'il n'est pas revenu, lui ?

Sa question innocente m'a pris par surprise.

– Exactement. Il est mort avec toute son équipe des Têtes brûlées dans l'incendie qui a dévasté notre ville.

Elle a levé les yeux vers la photo de mon père dans sa tenue de pompier, avant de me regarder à nouveau.

– C'était quand ?

– Il y a dix ans.

Dix ans dans quelques semaines.

– C'est triste. Je suis désolée.

– Merci. C'est dur de perdre un parent, hein ?

Elle a hoché la tête.

– Mais moi, je ne me souviens pas vraiment de ma mère, alors… a-t-elle dit en haussant les épaules.

– Je ne pense pas que ça soit plus facile, j'ai dit. Un deuil est un deuil.

Tout en examinant la photo de mon père, elle a acquiescé.

– Il était beau.

– Ma mère était du même avis.

Leur amour avait été un exemple pour moi, et je savais que jamais je ne pourrais me contenter d'un amour moins fort.

– Tes affaires sont toujours dans la commode, j'ai dit à Addy quand elle est entrée dans le salon.

Ce n'était pas la première fois qu'elle venait passer la nuit pendant qu'Avery bossait. Je savais bien que ce ne serait pas non plus la dernière.

– Merci ! s'est-elle écriée en sautillant vers la chambre d'amis et la télévision de soixante-dix pouces que j'avais acheté principalement pour elle.

J'étais amoureux d'Avery, mais, avec Adeline, j'étais complètement gaga.

J'ai fait rentrer Zeus qui pleurait derrière la porte, puis j'ai amené mon sac à la machine à laver. Comme d'habitude, toutes mes fringues sentaient la fumée. Ça ne me gênait jamais avant d'arriver à la maison, mais une fois rentré, j'étais pressé de débarrasser mes vêtements, mes cheveux, ma peau de cette odeur. J'ai enfourné mes affaires dans le tambour, versé de la lessive et mis la machine en route. Avec un peu de chance, il suffirait d'un seul lavage pour éliminer l'odeur.

Quant à mon corps, il m'a fallu une longue douche pour obtenir le même résultat. Une fois propre, j'ai pris une bière, allumé les infos et pris mon ordi portable sur mes genoux pour aller voir ce qui se passait sur les réseaux sociaux. Zeus s'est pelotonné en rond à côté de moi, et je le caressais distraitement tout en scrollant.

Du drama.

Du drama.

Un bébé tout mignon.

Encore du drama.

Merde, depuis quand il s'est marié, lui ?

J'avais quitté le Colorado depuis si longtemps que je n'étais plus au courant de rien.

Au bout de quelques minutes j'ai refermé l'ordi, abandonnant mes amis – autant ceux de la fac que du Colorado – pour changer de chaîne et me détendre un peu.

J'avais survécu à un incendie de plus. J'ai levé ma bière en direction de la photo de mon père pour le saluer, avant de prendre une longue gorgée et de reposer ma tête contre le dossier du canapé.

– Riv ?

Entendant une voix douce, j'ai cligné des yeux et relevé la tête tandis qu'on me prenait ma bouteille des mains.

– Avery ? j'ai demandé d'une voix rauque, ensommeillée.

– Oui.

Elle a passé sa main dans mes cheveux.

– Tu as dû t'endormir.

– Mmmm. Quelle heure il est ?

J'ai incliné la tête pour encourager son geste.

– Deux heures et quart.

Je me suis redressé et secoué pour sortir des vapes.

– Sérieux ?

– Tu dois être exténué, a-t-elle dit en se lovant contre moi sur le canapé.

J'ai passé un bras derrière elle, et de l'autre, tiré une couverture sur nous pour qu'elle ne prenne pas froid.

– Ouais, épuisé, j'ai admis. Je parie que toi aussi.

– Mmmhmm.

Elle a bâillé à s'en décrocher la mâchoire tout en cherchant une position parfaite, sa tête contre mon torse.

Allez, fais-le maintenant.

Chaque fois que je partais en mission, je me jurais qu'en rentrant je lui dirais que je l'aimais. Je savais qu'elle ne voulait pas d'une relation amoureuse, quelle qu'elle soit – elle pensait que s'occuper de son père, devenu invalide, ne lui laissait pas de temps pour autre chose. Que ses deux boulots, en plus de l'éducation d'Adeline, étaient ses seules priorités…

Mais je voulais qu'elle sache que ma priorité à moi, c'était elle.

Et si ça compliquait tout, si ça foutait le bordel, qu'est-ce que ça pouvait bien faire ? Je ne risquais pas de m'enfuir et elle non plus. On se débrouillerait très bien pour gérer les problèmes éventuels. Et même si ça prenait des années, j'avais la certitude que c'était elle que je voulais. La certitude qu'il n'y aurait jamais d'autre femme qu'elle.

J'ai inspiré profondément et pris mon courage à deux mains.

– Hé, Avery ?

Elle n'a pas répondu. J'ai bougé un tout petit peu, juste assez pour pouvoir voir ses yeux fermés et ses lèvres entrouvertes, percevoir sa respiration régulière, profonde. Elle s'était endormie.

J'aurais dû la déplacer. Au lieu de ça, j'ai calé ma tête contre le dossier du canapé et savouré la sensation de m'endormir avec Avery dans mes bras.

Cinq minutes plus tard, quelqu'un martelait la porte d'entrée. Réveillé en sursaut, j'ai failli faire valser Avery par terre – mais je l'ai rattrapée à temps.

– Putain, mais qui c'est ? j'ai marmonné en regardant par la fenêtre.

Le soleil brillait déjà, mais ça ne m'indiquait pas grand-chose.

– Merde, il est huit heures, a dit Avery en s'étirant à côté de moi.

Je n'ai pas regardé ses seins, pressés contre le mince tissu de son débardeur.

Je n'ai pas admiré son bâillement ensommeillé, ni sa langue qui s'enroulait comme celle d'un chaton.

Je n'ai pas immédiatement imaginé presser son corps encore tout chaud de sommeil sous le mien et la réveiller avec un orgasme qui lui ferait crier mon nom de sa voix rauque matinale.

Absolument pas.

Merde.

Le martèlement continuait, et je me suis levé pour aller ouvrir la porte où Zeus attendait déjà en battant de la queue. Il a décollé comme une flèche quand j'ai ouvert, croisant Bishop qui se tenait devant la porte en se mordant les lèvres. Cette expression sur son visage n'augurait jamais rien de bon.

– Quel bon chien de garde, dis donc ! a-t-il remarqué en entrant.

– Zeus t'a reconnu, j'ai dit. Et de toute façon, j'ai vingt-cinq ans maintenant, lâche-moi un peu.

– Ouais.

Il a jeté un œil à la photo de papa avant d'entrer à grands pas dans le salon. Si ma vanne sur son âge ne le faisait pas réagir, c'est qu'il se passait vraiment quelque chose de grave.

– Salut, Avery, a-t-il dit en direction de la cuisine où elle préparait le café.

– Bishop, a-t-elle répondu, souriante. Un café ?

– Avec plaisir, ouais.

Il s'est retourné vers moi.

– T'es réveillé ?

– Je t'ai ouvert la porte, oui ou non ? j'ai dit en croisant les bras sur ma poitrine. On n'était pas censés se retrouver avant dix heures, qu'est-ce que tu fais là ?

– J'ai reçu un coup de fil matinal, a-t-il dit, la mâchoire crispée.

– De la part de ?

À moins que ce ne soit notre père appelant d'outre-tombe, je ne voyais pas ce qui pouvait justifier qu'il me tire si brutalement des bras d'Avery.

– Sebastian Vargas.

– Bash ? Tu déconnes !

J'ai secoué la tête, certain que j'avais mal compris.

– Qu'est-ce qui se passe ?

Merde, pour quelle raison Bash pourrait-il appeler Bishop ? Il était lui-même dans une équipe de Têtes brûlées en Californie. Il avait quitté Legacy en même temps que moi, donc ça faisait un bail.

Bishop a dégluti, a serré puis desserré les poings.

– Ils reforment l'équipe.

La mâchoire m'en est tombée par terre.

– Attends. Va falloir que tu répètes, là.

Il a hoché la tête.

– Ouais, pareil, je l'ai fait répéter au moins six fois. Franchement, je ne l'ai même pas cru... Jusqu'à ce qu'il passe le téléphone à Emerson Kendrick.

– Emmy est embarquée là-dedans aussi ?

Emmy et Bash avaient tous les deux perdu leur père, comme nous, tous morts côte à côte dans la montagne au-dessus de Legacy, dans l'incendie qui avait ravagé la ville.

– Jamais je n'aurais cru ça possible, mais ils ont même obtenu l'accord du conseil municipal. À une seule condition...

– Laquelle ?

J'étais submergé par tant d'émotions, écorché vif par un mélange d'incrédulité, d'espoir, de fierté, et un soupçon de méfiance. Ressusciter une équipe qui avait été anéantie, est-ce que c'était vraiment le bon choix ? Est-ce que ce serait leur faire honneur ? La nouvelle équipe serait-elle vouée à subir le même sort ? Sur les dix-neuf membres de l'époque, dix-huit avaient été enterrés. Les premières années après l'incendie, on s'était justement battus pour reformer l'équipe mais, le temps passant, après des refus à répétition… ça avait fini par devenir mission impossible.

– Il faut que l'équipe soit constituée principalement d'héritiers de l'équipe originale.

Je suis resté debout, bras ballants, fixant mon frère pendant que j'absorbais tout ça. Il a hoché la tête lentement, comme s'il comprenait très bien ma paralysie.

Mon regard a dérivé doucement vers Avery, qui retirait un mug de café de la machine.

– Allez, accouche, j'ai dit, grondant presque, sachant déjà que ce qu'il allait dire pourrait réduire tous mes projets en miettes.

– Ils ne peuvent pas y arriver sans nous. Si on veut que l'équipe des Têtes brûlées de Legacy renaisse…

Putain. De. Merde.

– … il faut qu'on rentre chez nous.

2

Avery

Rien que l'idée que River parte vivre ailleurs m'a donné la nausée. J'avais peut-être mal entendu. Peut-être que Bishop n'était pas sérieux. Peut-être que cette expression abasourdie sur le visage de River signifiait tout autre chose.

La tasse de café m'a brûlé la peau avant que je me rende compte que je l'avais encore à la main. J'ai contourné le bar qui séparait la cuisine du salon et tendu la tasse à River, qui m'a regardée de ses yeux brun foncé, visiblement choqué, avant de marmonner un remerciement.

– Comment ça ? je lui ai demandé.

Sa mâchoire carrée s'est crispée quand il s'est à nouveau tourné vers Bishop. Arborant la même expression sévère, les deux frères ne s'étaient jamais autant ressemblé. Leur hérédité amérindienne s'affirmait dans leurs physiques et les avait dotés de traits à la serpe, de nez forts, pommettes hautes et saillantes et cheveux d'un noir d'ébène. Mais même si Bishop était plus grand de quelques centimètres que son petit frère, River avait au moins quinze kilos de muscle en plus. Quinze kilos de muscles parfaitement dessinés et incroyablement sexy.

Holà, non ! Interdit de penser à River comme ça.

– Oui, qu'est-ce que tu veux dire par là, exactement ? a demandé River à Bishop.

– Faudrait qu'on retourne vivre au Colorado.

Je me suis immédiatement tendue de la tête aux pieds.

Bishop m'a jeté un bref coup d'œil, mais mon regard ne quittait pas River.

Il a hoché lentement la tête, comme s'il était mentalement en train de penser à tous les détails que cela impliquerait. C'était un des traits de caractère de River, il ne prenait jamais de décision à la va-vite.

– Et ils ont vraiment besoin de nous ? a-t-il demandé.

– Oui, vraiment. C'est déjà très serré pour atteindre les soixante pour cent qu'il leur faut.

Bash m'a dit qu'il n'était même pas encore sûr des effectifs définitifs.

– Combien de temps il a pour trouver tout le monde ?

Un an. Dis « un an ».

La nausée a noué mon estomac. Je ne pouvais pas imaginer ma vie sans River. C'était déjà l'enfer quand il partait plusieurs semaines en mission.

– Deux semaines.

Là, j'allais vraiment vomir. J'ai dû émettre un son, parce que River a entouré mes épaules de son bras, m'attirant contre lui, à ma place. On n'était pas en couple, mais River était un élément essentiel de mon univers.

– Deux semaines, il a répété, tout en caressant la peau nue de mon bras.

– Le conseil lui a donné jusqu'à la cérémonie du souvenir.

– Eh ben, ça tombe pile-poil, putain, a grondé River.

– Je ne comprends pas, j'ai dit tout bas.

River m'a contemplée de ses yeux incroyablement profonds.

– Tu te souviens que je dois retourner au Colorado pour le week-end dans quelques semaines ?

J'ai fait oui de la tête.

– C'est la date limite qu'ils ont donnée à Bash, a expliqué Bishop. Ils font tout pour détruire son projet, alors que c'est lui qui finance tout. De plus, la caserne est déjà construite. Il ne manque plus que l'équipe.

– Pff, je savais qu'il était riche, mais pas à ce point-là.

River a inspiré profondément et expiré lentement.

– OK, donc, si on y retourne, on pourrait enfin reformer l'équipe de Legacy ?

– C'est l'idée, oui.

– Et si on refuse ?

– Ils échoueront. Mathématiquement, y a pas moyen qu'ils y arrivent sans nous deux.

River a ricané.

– Quand je pense que tu n'as jamais voulu que je devienne pompier !

– Ça n'a pas changé. Je ne te force pas, River. Tu as le choix.

– Tu as pris une décision, toi ? a demandé River.

– Oui, j'y vais.

Mes poumons se sont vidés d'un coup. Si Bishop y allait…

– Alors j'irai aussi. Hors de question que je te laisse faire ça tout seul. On se protège l'un l'autre. C'est pas ce que tu m'as toujours dit ?

La douleur était tellement intense, comme si on venait de me marquer au fer rouge.

– Si, a répondu Bishop, la voix basse. Mais t'es sûr que c'est ce que tu veux ?

Son regard m'a effleurée à nouveau, comme si j'allais avoir une quelconque incidence sur la décision de River. Je n'avais jamais franchi la ligne qui aurait pu me donner ce droit – jamais succombé à l'attirance entre nous, ni au désir que j'avais toujours ressenti. Avec toutes les responsabilités que j'avais endossées, ç'aurait été injuste envers lui.

Il méritait mieux que ça.

La main de River a serré plus fort mon épaule.

– Ce n'est pas vraiment un choix. C'est papa, son équipe, c'est chez nous. S'il y a une chance de redonner vie à l'équipe de Legacy, je ne vais pas rester sur le banc de touche.

Et voilà. Il allait quitter l'Alaska. Me quitter.

* * *

– Vous étiez où, nom de Dieu ? a crié papa dès qu'il nous a vues passer le pas de la porte.

Adeline a fait la grimace. Je lui ai souri pour la rassurer.

– Je gère.

– Tu vas bien ? m'a-t-elle demandé.

– Oui, pourquoi ?

– Tu es au bord des larmes depuis qu'on est parties de chez River. Il s'est passé un truc entre vous ?

Je lui ai coincé une de ses mèches blondes derrière l'oreille.

– Non. Tout va bien, c'est pas comme ça entre River et moi.

– Eh ben, ça devrait, a-t-elle dit tout en s'éloignant.

River était mon meilleur ami. Évidemment, je m'étais déjà demandé comment ce serait d'être *avec* lui. Et je n'étais pas aveugle. Je connaissais déjà presque tous les coins et recoins de son corps, la manière dont ses yeux se plissaient quand il souriait de toutes ses dents. Il avait même occupé le premier rôle dans certains de mes fantasmes les plus osés. Mais je vivais dans la réalité.

– Avery ! a hurlé papa depuis le salon.

La réalité… avec mon père. J'ai rassemblé mon courage en respirant profondément, et je suis entrée.

– Oui, papa ?

– T'étais où, putain ? a-t-il demandé à nouveau. T'as même pas pris la peine de rentrer après le boulot.

Il était allongé sur le canapé du salon, dans ses vêtements de la veille, et il puait l'alcool. Ou peut-être que l'odeur provenait de la bouteille de Jack presque vide, par terre près de lui. La table basse était couverte d'assiettes sales.

– On a passé la nuit chez River, j'ai dit en empilant les assiettes.

– T'aurais dû être ici au lieu de traîner comme une pute avec le petit Maldonado.

Il ne me regardait même pas ; il a continué à fixer la télé, *Une famille en or*. Comme s'il comprenait le sens du mot « famille »… Pour lui, ce mot ne s'était jamais appliqué à personne d'autre que ma mère, et sans elle… Disons qu'on ne comptait pas.

– C'est juste un ami, papa, j'ai dit en emportant la vaisselle sale à la cuisine.

– Mon cul, ouais. Amène-moi mes médocs, veux-tu ? m'a-t-il demandé.

J'ai posé les assiettes dans l'évier et fait couler l'eau chaude pour détacher les restes de nourriture. Tête baissée, j'ai agrippé le bord des deux mains et respiré profondément pour rester calme.

River s'en allait. Fini les rires, les soirées à regarder les étoiles, les instants de réconfort dans ses bras. C'était fini.

J'avais l'impression qu'on écrasait mon cœur, qu'on le pressait pour me vider de mon sang. Je ne menais pas une vie très glamour, ni même satisfaisante. Juste une vie faite de devoir. Élever Adeline. Prendre soin de mon père.

Le devoir.

J'ai posé le flacon de pilules sur le plan de travail avec plus de force que je n'aurais voulu.

Le devoir.

J'ai ouvert le flacon. Dans le salon, mon père a gueulé parce que « je traînais trop ».

Le devoir.

Encore hier, je pouvais me contenter de cette vie car j'avais River.

Désormais, je voyais mon avenir comme un immense vide.

– Avery ! a crié papa.

– Ouais, papa, une seconde, j'ai répondu, parce que je savais que si je ne le faisais pas, le volume allait monter jusqu'à ce que ses cris se transforment en hurlements.

Et si je refusais de lui apporter ses médocs, si j'exigeais qu'il se lève… là, il ferait des dégâts. Il n'avait jamais levé la main sur Adeline ni sur moi, mais il allait casser des objets qu'on aimait, pour nous montrer qui était le chef.

Notre mère était morte dans l'accident de voiture qui avait valu à notre père son dos brisé et sa fusion vertébrale, et on était condamnées à payer éternellement son deuil, sa douleur chronique et la perte de son travail dans la police. Après tout, ils étaient en voiture pour venir nous chercher après un week-end chez notre grand-mère. Aux yeux de papa, si nous n'étions jamais nées, sa femme serait encore en vie et il ne serait pas handicapé. Il serait toujours officier de police.

Mais, qu'il l'admette un jour ou non, je connaissais la vérité, moi.

Le grand secret qui nous séparait. S'il restait silencieux, c'était parce que jamais il n'aurait volontairement pris le risque de subir les conséquences de ses actes. Moi, je me taisais parce qu'il était le tuteur légal d'Addy, et qu'à la minute où j'ouvrirais la bouche il m'empêcherait de la voir… et après, qu'arriverait-il à ma sœur ? Même si je le dénonçais pour négligence, rien ne garantissait qu'elle me serait confiée ensuite.

J'ai rincé les assiettes avant de les mettre au lave-vaisselle, puis j'ai pris les analgésiques.

J'ai aussi pris une bouteille d'eau dans le frigo avant de lui apporter tout ça.

– C'est pas trop tôt, a-t-il ronchonné.

Il a crié de douleur en se redressant en position assise. Il a avalé ses pilules et s'est passé la main dans la barbe. J'avais arrêté depuis des années d'insister pour qu'il se rase.

– Tu ferais pas un peu de ménage, là ?

Il a fait un geste vague pour indiquer le salon en désordre.

– Plus tard, peut-être, j'ai répondu. Il faut que je passe au bureau vite fait.

– Au journal ? a-t-il demandé avec un rictus méprisant.

– Oui, au journal. Où je travaille.

Pour payer nos factures.

Il a rigolé.

– C'est pas un boulot. Les boulots, ça paye mieux que ça. Pourquoi tu ne lâches pas le journal pour faire plus d'heures au bar ? Une jolie fille comme toi, ça ramasse des bons pourboires.

J'avais des bons pourboires, effectivement. Assez pour mettre de côté le paiement d'un semestre entier à la fac pour Adeline, ou presque. Encore cinq ans, et peut-être que j'aurais assez pour lui permettre de faire tout son cursus universitaire sans avoir besoin de vingt-trois prêts bancaires, comme cela avait été le cas pour moi.

Un diplôme qui m'avait endettée, certes, mais aussi permis de rencontrer River… Ce qui valait bien plus qu'une dette.

– Bon, eh bien si c'est tout, j'y vais, j'ai des choses à faire.

Il a changé de chaîne.

– Amène-moi des fringues propres et fais-moi le petit déj.

Je me suis mordu l'intérieur des joues, et j'ai craqué.

– S'il te plaît.

– Pardon ? a-t-il demandé, son regard braqué sur moi, ses yeux embrumés par les médocs mais écarquillés sous l'effet de la surprise.

– Dis « s'il te plaît », j'ai répété.

– Pourquoi je dirais ça ? a-t-il marmonné comme un gamin de cinq ans.

Le chagrin de perdre River, inévitable, s'est mué en rage.

– Parce que je n'ai même pas eu le temps de me changer après le boulot. Parce que je m'épuise avec deux jobs différents pour pouvoir payer les impôts, l'eau et l'électricité, et tout ce qu'il faut pour Adeline. Parce que River repart au Colorado et c'est ça, ma vie, et que j'ai besoin que tu sois un tout petit peu compréhensif aujourd'hui, papa, d'accord ?

– Ton mec se barre, hein ? dit-il en retournant à sa télévision.

J'ai eu l'envie presque irrésistible de balancer cette satanée télécommande à travers l'écran.

– Ce n'est pas mon mec.

– Alors, qu'est-ce que ça peut bien te faire ? Laisse-le tourner la page, trouver une femme qui puisse s'occuper de lui. Réjouis-toi qu'il se casse d'ici, lui, alors que nous on est coincés pour toujours.

« *Je* suis coincé pour toujours », il voulait dire.

– Sympa. Vraiment, quel soutien de ta part !

– T'as raison, a-t-il ajouté en haussant une épaule.

Je me suis sentie plus légère, comme si le père que j'avais aimé plus fort que tout apparaissait enfin de derrière les nuages qui l'enveloppaient depuis onze ans.

– Ah bon ?

– C'est ça, ta vie. Tu l'as méritée. Et maintenant, amène-moi d'autres fringues, celles-là puent.

– Si tu te douchais de temps en temps aussi, j'ai dit en partant, m'éloignant de lui et de l'odeur qui régnait dans cette pièce depuis qu'il avait décidé que marcher jusqu'à son lit exigeait trop d'efforts.

– Me parle pas comme ça ! a-t-il hurlé.

J'ai grimpé l'escalier jusque dans ma chambre et je me suis jetée sur mon lit.

Mets-le dans un établissement spécialisé.

Déménage, quitte la région.

Tu es adulte, maintenant ; rien ne te force à rester ici.

Les conseils que mes amis m'avaient donnés tourbillonnaient dans ma tête pendant que je contemplais le plafond, immobile. Mais ces amis avaient tourné la page, eux. Ils étaient partis en quête de chaleur dans les grandes villes. Ils ne s'occupaient pas de leurs parents.

La famille, ça peut nous pousser à bout… et pourtant, on finit souvent par repousser nos propres limites pour elle.

La voix de River a raisonné dans mon esprit, noyant celles de mes amis. Depuis le début, il comprenait exactement pourquoi je restais, alors que tous les autres étaient partis.

J'ai regardé la photo de nous prise l'été d'avant, sur l'eau. Il m'entourait de ses bras et avait posé son menton sur ma tête. On souriait tous les deux pour la photo. Il était torse nu, on voyait les tatouages de style tribal qui s'étalaient sur sa poitrine et attiraient encore plus l'attention sur ses muscles dessinés, sur ce physique parfait qu'il se donnait tant de mal à entretenir. Mais, comme il me le rappelait constamment, il ne s'épuisait pas à la salle de sport par vanité, mais parce que cela lui permettait de survivre et d'échapper aux incendies qu'il combattait. Enfin, il n'était pas mécontent d'attirer l'attention de toute la gent féminine de la ville. Il leur retournait leur sourire avec un clin d'œil, mais moi je savais pertinemment qu'elles seraient ravies d'envoyer leurs petites culottes valser dans sa chambre.

Je n'avais pas le droit d'être jalouse. On n'était pas en couple. Il pouvait coucher avec toutes les nanas de Fairbanks, je ne pouvais rien dire. Même si pas une seule d'entre elles n'était assez bien pour lui. Mais j'avais accès à une partie de lui qu'elles n'auraient jamais. Notre amitié avait perduré au-delà de toutes nos relations amoureuses respectives. On était chacun la constante dans la vie de l'autre.

Notre relation allait-elle survivre à la distance ?

Est-ce qu'il allait déménager pour de bon, se trouver une fille du coin ?

Est-ce qu'il m'enverrait une invitation à son mariage ? Un faire-part de naissance ?

Est-ce que son horizon allait s'élargir, son univers, devenir vaste et merveilleux, pendant que le mien stagnerait ici sans lui ?

C'est ce qu'il méritait, après tout. Oui, River méritait d'obtenir tout ce qu'il voulait. Une femme ravissante et adorable qui lui donnerait de beaux petits garçons avec les yeux de leur père, et des petites filles avec sa chevelure et son courage. Comment allais-je pouvoir contrôler mes émotions alors qu'il se préparait à partir ? Je ne pouvais pas lui demander de choisir – et puis, je n'avais pas grand-chose à lui offrir en contrepartie.

C'est simple, River. Tu as le monde au bout des doigts et tu peux choisir parmi toutes les femmes du pays, mais choisis-moi. Avec moi, tu auras aussi une petite sœur à élever, ainsi qu'un père ivrogne et invalide. C'est pas une affaire, ça ?

J'ai collé mon oreiller contre ma poitrine, comme si je pouvais combler le vide intérieur qui menaçait de me faire imploser, de me recroqueviller sur moi-même jusqu'à ce qu'il ne reste plus rien.

Mon téléphone a sonné, la sonnerie associée à River, et j'ai répondu.

– Salut, Riv.

– Salut, Ave. Dis, t'es partie bien vite, ce matin.

Silence. Je devais réfléchir à ma réponse. Ce ne serait pas juste de tout lui déballer maintenant, de déverser sur lui toutes mes insécurités, toutes les responsabilités qui accablaient mon quotidien.

– Oui. J'avais plein de trucs à faire, c'est tout, et toi aussi, apparemment.

– Honnêtement, je ne sais pas où donner de la tête.

Je me suis mordu la lèvre.

– J'imagine.

– Je n'ai jamais pensé qu'ils reformeraient l'équipe, a-t-il murmuré.

Je savais ce que ça représentait à ses yeux. C'était *littéralement* l'héritage de son père.

J'avais envie de lui parler. Vraiment. Mais je ne savais pas comment enfouir mon malheur assez profondément pour ne pas le lui imposer. Il n'avait pas besoin de mon égoïsme.

– Je comprends. Mais, euh, je peux te rappeler plus tard ? Il faut que je passe au bureau, là.

Je me suis félicitée, ma voix n'avait pas laissé paraître ma tristesse.

– Oui, bien sûr. Avery, est-ce que tout va bien ?

En entendant son inquiétude, j'ai dû fermer les yeux, un pincement agréable au cœur. Il me faisait toujours me sentir précieuse et protégée. Dans un monde où je passais pratiquement chaque minute à m'occuper des autres, il était le seul à prendre soin de moi.

Et maintenant, c'était à mon tour de prendre soin de lui.

– Absolument. Tout va très bien.

Ce mensonge laissait un goût aigre dans ma bouche. Non, tout n'allait pas bien. L'idée de le perdre me faisait tellement mal que j'étais presque paralysée par le choc, trop terrifiée pour regarder la blessure et constater l'ampleur de l'hémorragie.

Mais il était indispensable qu'il ne le sache jamais.

3

River

Putain, cette journée n'aurait pas pu être pire.

L'agent immobilier m'avait dit que dans l'état actuel du marché j'allais perdre de l'argent en vendant ma maison, je venais de donner ma démission à la caserne Soleil de minuit et, de plus, Avery m'évitait. Putain.

Elle n'avait jamais été comme ça, même lors de mes relations amoureuses les plus sérieuses. Ça faisait deux jours qu'elle m'avait dit que tout allait « très bien » avant de filer au boulot.

Depuis, j'avais signé un contrat d'exclusivité avec l'agent immobilier, tout arrangé pour rester un jour de plus à Legacy et y chercher une maison, et j'avais contacté des déménageurs.

J'avais été tellement occupé que j'avais repoussé toutes mes émotions à plus tard. Un plan qui avait d'ailleurs plutôt bien marché jusqu'à présent. Mais maintenant que j'étais devant la maison d'Avery, mes doutes rampaient à la surface. Comment pourrais-je la quitter ? Comment pourrais-je déménager au Colorado et ne plus jamais la revoir ? L'entourer de mes bras ? L'aider quand elle en avait besoin malgré elle ?

J'ai respiré profondément avant de toquer à la porte.

Quelques instants plus tard, Adeline a ouvert.

– Salut, Riv.

– Salut, Addy. Avery est là ?

– Elle vient seulement de terminer au journal, mais elle a appelé et elle est en route. Tu veux entrer pour l'attendre ?

En temps normal, je lui aurais téléphoné et l'aurais rejointe sur son trajet pour voler quelques minutes avec elle. Mais comme elle n'avait décroché à aucun de mes appels et n'avait répondu à mes textos que très laconiquement, c'était sans doute la seule manière pour moi de réussir à la voir en personne.

– Oui, je veux bien, j'ai dit en entrant.

La maison était chouette, assez grande pour une famille, et avait été soigneusement construite. Mais les onze dernières années avaient laissé des marques, et ce n'était pas son père qui allait bondir pour proposer de prendre un marteau.

D'ailleurs, puisque je suis là, je devrais en profiter pour réparer la rambarde de l'escalier.

– Avery ? C'est toi ? a gueulé son père depuis le salon.

– Non, monsieur Claire, c'est moi, River.

– Ramène-toi là, fiston.

J'ai levé les yeux au ciel, pas seulement à cause de son choix de mots, mais aussi à cause de son ton. Je n'étais pas son « fiston », merde. Mon père aurait foutu une raclée à ce type plutôt dix fois qu'une pour s'être laissé aller comme ça. Mais pour Avery, bien sûr, je pouvais le supporter.

– Monsieur… j'ai dit en entrant dans le salon.

Nom de Dieu, c'était un bordel total. La table était recouverte d'assiettes sales, des ordures traînaient par terre, et il empestait comme s'il ne s'était pas lavé depuis deux semaines… voire trois.

Même si j'avais vraiment envie de faire du ménage avant le retour d'Avery, je savais qu'elle en mourrait de honte. Donc j'ai fait ce que j'avais appris à faire au début de notre amitié, j'ai tout ignoré.

– Tu t'en vas au Colorado, alors ? m'a-t-il demandé en se penchant pour attraper sa bière, posée par terre.

– On dirait bien.

– L'herbe est plus verte là-bas ?

Il a bu une gorgée, et je me suis demandé un instant s'il mélangeait l'alcool et les médocs, ou si Avery avait réussi à cacher les bouteilles avant de partir au boulot.

– Non, monsieur. Mais l'équipe des Têtes brûlées de mon père reprend du service, et ils ne peuvent pas le faire sans moi.

– Eh ben, tu pèses.

J'avais envie de soupirer, de l'insulter, d'arracher Avery à cette vie qu'elle pensait devoir vivre pour lui. Au lieu de ça, j'ai fait un sourire un peu crispé avant de répondre :

– C'est juste une question de nombre, rien de plus.

Il a grogné.

– Bon. Je pense qu'Avery sera un peu contrariée.

– J'imagine, effectivement.

Un silence gêné s'est installé entre nous avant d'être, Dieu merci, rapidement interrompu par le bruit de la porte d'entrée.

– Riv ?

La voix d'Avery a retenti dans tout le rez-de-chaussée.

– Ici, j'ai répondu.

Elle est entrée dans le salon, sa queue-de-cheval en désordre, en vieux T-shirt des Beastie Boys.

– J'ai vu ton pick-up dehors. Tout va bien ?

– Il venait te voir, a répondu son père.

– Oh, a-t-elle dit, son regard alternant entre lui et moi.

Puis elle a fait un signe de tête en direction de la porte.

– Toujours un plaisir de vous voir, monsieur Claire, j'ai dit.

– Toi aussi, River. Bonne chance au Colorado.

Il n'avait même pas quitté la télé des yeux.

J'ai suivi Avery dans le couloir, puis dans l'escalier, mes yeux pile à la hauteur de son short qui moulait les somptueuses courbes de ses fesses. J'ai détourné le regard – je faisais de mon mieux pour être irréprochable – mais, résultat, il est tombé sur ses cuisses fines et musclées, que j'imaginais déjà enroulées autour de mes hanches.

Elle m'a mené dans sa chambre et a fermé la porte. J'ai examiné la pièce, les photos du lycée et de la fac.

– Ça ne change pas beaucoup, ici.

– C'est ma petite capsule temporelle à moi, a-t-elle rétorqué en s'asseyant sur son lit.

J'ai pris la chaise de bureau, je l'ai retournée et m'y suis assis à califourchon, comme pour maintenir une sorte de barrière entre nous. Depuis que je savais que j'allais partir, on aurait dit que le contrôle que j'exerçais sur moi en sa présence partait en lambeaux, comme si ma libido avait compris que le temps qu'on avait ensemble était désormais compté.

– J'aime bien. C'est tout toi.

Elle a ri, de ce rire plein d'autodérision que je détestais.

– Elle ne change jamais, reste coincée là et prend la poussière.

– Elle est constante et loyale.

Nos regards se sont croisés, et l'électricité entre nous était quasiment palpable. Est-ce qu'elle la ressentait aussi ? Et si oui, pourquoi nier son existence ?

Parce que tu ne lui as jamais donné une raison de la reconnaître, connard.

– Je t'évitais ces derniers jours, a-t-elle dit, avec son regard franc et honnête.

– Je sais.

– Je ne sais pas comment digérer tout ça, et ça m'a semblé plus facile de mettre la tête dans le sable.

Elle a serré son oreiller entre ses bras.

– Tu m'en parles. Je t'en parle. C'est comme ça que notre amitié a toujours marché.

– Mais comment ça va marcher avec toi au Colorado ? Je sais que je devrais être heureuse pour toi. C'est l'équipe de ton père, et je sais ce que ça représente à tes yeux. Mais, égoïstement…

Elle a secoué la tête.

– Quoi ? Allez, t'arrête pas là, dis-moi.

Un haussement d'épaules.

– Rien, juste… Le jour où tu as acheté le terrain pour construire ta maison, c'était un des plus beaux jours de ma vie.

– Attends… quoi ?

– C'est bête, je sais.

– Je n'ai pas dit ça. Je ne comprends pas, c'est tout.

Parle-moi, Avery.

– C'était quand… il y a trois ans, maintenant ? a-t-elle demandé.

– À peu près, oui. Tu sortais avec ce con d'étudiant en maths.

Cette fois, elle a haussé les sourcils.

– Bonne mémoire.

– Quand ça te concerne, je n'oublie rien, j'ai dit, avant de me maudire intérieurement quand j'ai vu ses yeux s'écarquiller.

Très réussi, vraiment. Bravo.

– Le terrain ? j'ai demandé, pour faire diversion.

– Le fait que tu achètes ce terrain, c'était comme si tu prenais racine ici. Que tu sois resté après ton diplôme – alors que tous les autres sont partis... Ça m'a donné le sentiment d'un truc solide. Fiable.

– Tu parles de moi, là, ou de la maison ?

Ce n'était pas le vocabulaire de l'amour, ni même de l'attirance. Ce qu'elle venait de décrire aurait aussi bien pu s'appliquer à ma voiture.

– De toi, et c'est positif. Ce moment m'a donné l'impression que tu serais toujours là, que tu étais la personne sur qui je pouvais compter, sur qui je pouvais m'appuyer. Je n'ai jamais pensé à mon avenir sans t'y voir. Ton départ me terrifie.

J'ai abandonné la chaise de bureau pour m'asseoir à côté d'elle sur le lit.

– Moi aussi. Mais je ne peux pas ne pas y aller.

Elle a posé sa tête sur mon épaule, et j'ai posé la mienne par-dessus.

– Jamais je ne te demanderai de rester, a-t-elle murmuré. Je sais bien que tu ne peux pas.

– J'arrive pas à m'imaginer te quitter non plus, tu sais.

– On est coincés, on dirait.

* * *

L'horloge du tableau de bord est passée à une heure trente-six. J'étais assis dans mon pick-up depuis une heure devant le Golden Eagle Saloon, à chercher un moyen d'expliquer le plan fou que j'avais imaginé entre le moment où j'étais parti de chez Avery et celui où je m'étais garé là.

Le bar allait fermer à deux heures du mat, il me restait donc exactement vingt-quatre minutes pour me ressaisir et trouver quelque chose à dire avant d'entrer.

La porte s'est ouverte, et j'ai retenu ma respiration jusqu'à ce que je comprenne que ce n'était que deux filles du coin. Kris m'a fait signe de la main. J'ai abaissé ma vitre.

Elle est montée sur le marchepied du pick-up pour pencher son joli minois à l'intérieur. Elle empestait l'alcool.

– Salut, River, a-t-elle bredouillé vaguement.

– Salut, Kris. Qu'est-ce que tu fêtes comme ça ce soir ?

– C'est mon anviner – anniversaire.

– Joyeux anniversaire. T'as l'âge légal de boire maintenant, c'est ça ?

Elle m'a fait un clin d'œil très lent avant de souffler pour déloger une mèche qui lui tombait dans les yeux.

– Ouais ! Et toi, tu fais quoi ?

– J'attends Avery.

Elle a laissé tomber sa tête en arrière d'un air exaspéré.

– Argh, vous deux. Je pige pas comment elle a pu mettre un beau morceau de mec comme toi dans la friendzone, ça me dépasse. J'te grimperais dessus sans hésiter. Comme sur une échelle.

Elle a ricané en s'ébrouant.

– Une échelle, tu vois ? Parce que t'es pompier.

– Absolument, j'ai dit.

Elle était complètement bourrée, et je la connaissais depuis son adolescence.

– River, je suis désolée, s'est écriée sa copine, Lauren. Elle est refaite.

– Pas du tout ! a nié Kris, puis elle s'est léché les lèvres. Tu veux que je te tienne compagnie ? Je peux m'occuper de toi, sans problème.

En temps normal, j'aurais considéré la question. Kris était une fille magnifique et j'étais loin d'être chaste. Mais d'une, elle était saoule, et je ne profitais jamais de ça… Et de deux, eh bien… elle n'était pas Avery. C'était Avery que je voulais.

– Pas ce soir, mais joyeux anniversaire quand même. Lauren, tu peux la raccompagner ?

Lauren a acquiescé, puis a aidé Kris à descendre du marchepied.

– Je suis complètement sobre, c'est pas un souci. Sympa de t'avoir vu, River !

Il était une heure quarante-cinq quand les deux filles sont parties après s'être engouffrées dans la voiture de Lauren. J'avais le cœur qui battait à tout rompre et des nœuds dans l'estomac, exactement comme quand je m'apprêtais à m'élancer dans les flammes. Un pas en avant qui avait le potentiel de changer toute ma vie.

Avant même de décider que je ne pouvais pas tenir jusqu'à deux heures, j'étais déjà sorti du pick-up et en train de gravir les marches du bar. Impossible d'attendre une seconde de plus.

J'ai poussé la porte. Avery a levé les yeux en sursaut ; elle nettoyait une des tables.

– River ?

Je ne lui ai pas répondu. J'ai regardé Mike, assis au bout du bar, comme tous les mardis soir.

– Mike, rentre chez toi.

– Il est pas deux heures, a-t-il dit.

– Quasiment.

Le quadra fatigué s'est levé de son tabouret en lâchant des billets sur le comptoir.

– Merci pour la compagnie, Avery.

– De rien, a-t-elle répondu avec un sourire.

– Salut River, m'a-t-il salué en passant.

– Merci, Mike.

Il a hoché la tête et a quitté le bar. La porte s'est refermée. Je savais qu'il n'était pas ivre – il venait tous les soirs pour échapper à sa femme, buvait une bière aux environs de huit heures et demi, et sirotait du soda tout le reste de la soirée.

Les petites villes, hein. Tout le monde savait tout des affaires des autres.

– Qu'est-ce que tu fais là ? m'a demandé Avery en se léchant les lèvres nerveusement.

– Tu es toute seule ici ?

– Bientôt, a dit Maud en apparaissant de derrière le bar, qu'elle venait apparemment de réapprovisionner. Amusez-vous bien tous les deux.

Elle a fait frétiller ses sourcils, salace.

– Je sors par l'arrière et je verrouille.

– Maud, a dit Avery sur un ton suppliant.

– Nan, je t'écoute même pas ! a chantonné Maud en se bouchant les oreilles comme une gamine de cinq ans.

Je savais bien que j'avais raison de l'apprécier. Elle a continué à chantonner tout en sortant par la porte du fond.

Avery s'est appuyée contre la table, les jointures de ses doigts blanchies, tellement elle se crispait sur le bord.

– Alors, qu'est-ce qui est si important que ça ne puisse pas attendre demain matin ?

Je me suis appuyé à la table voisine. Il n'y avait qu'un mètre entre nous.

– Je sais comment on va régler notre problème.

– Ah oui, vraiment ? Parce qu'à part l'option où tu ne déménages pas au Colorado et où par conséquent tu te mets à me haïr parce que j'ai empêché tout le monde d'obtenir le retour de l'équipe, je ne vois pas vraiment ce qu'il y a comme possibilité.

– Première option, je pourrais être saisonnier. Vivre là-bas les étés, revenir ici les hivers.

Elle a secoué la tête avant que j'aie fini de parler.

– Non. Financièrement, tu ne peux pas te le permettre. Il n'y a pas un boulot ici qui te prendrait seulement pour les hivers, même ton équipe actuelle ne le pourrait pas. Et l'option suivante ?

– OK. Alors tu déménages au Colorado avec moi.

C'était moi maintenant qui agrippais le bord de la table trop fort tandis qu'elle pâlissait subitement.

– Quoi ? Tu plaisantes ?

Merde, je venais d'avaler un truc énorme, là, ou c'était mon cœur qui me remontait dans la gorge ?

– Je n'ai jamais été aussi sérieux de ma vie.

Le silence entre nous s'est étiré pendant qu'elle me regardait en clignant des yeux, bouche bée, son regard impénétrable ne quittant pas le mien.

– Je dis ça sérieusement, Avery, j'ai confirmé à voix basse.

– Je vois bien.

– J'ai tout calculé…

– Evidemment. Il y a à peine douze heures qu'on s'est quittés, tout à fait suffisant pour tout calculer…

– Tu as toujours voulu partir d'ici, j'ai dit pour commencer à faire la liste des bonnes raisons, comme je l'avais prévu.

– Et tu sais très bien pourquoi je ne peux pas ! a-t-elle crié. Qu'est-ce que tu crois, River ? Je ne peux pas prendre mes affaires et me barrer. Je ne suis pas comme toi. J'ai des responsabilités ici. Je dois penser à Adeline et à mon père.

– Je sais. Je t'ai vue batailler tous les jours depuis qu'on se connaît, et je t'ai vue devenir une femme formidable et forte.

– Arrête !

Elle a pressé ses mains contre ses oreilles et fermé les yeux si fort que des plis sont apparus sur son front. J'ai franchi la distance qui nous séparait et gentiment tiré sur ses mains.

– Ouvre les yeux, je l'ai suppliée.

Ses paupières ont frémi puis se sont soulevées, révélant ses yeux bleus débordant d'une telle émotion que j'en ai eu le souffle coupé.

– Dis-moi quelque chose. S'il n'y avait pas Adeline, ni ton père, ni toutes les obligations qui te rattachent à cet endroit, est-ce que tu voudrais venir avec moi ?

Son regard a oscillé de gauche à droite, comme toujours quand elle devait prendre une décision importante.

Avery avait toujours été inébranlable dans la loyauté qu'elle portait à sa famille, dans son sentiment qu'elle était responsable d'eux. C'était une chose que j'avais toujours aimée chez elle, mais aujourd'hui j'avais besoin d'un tout petit peu de flexibilité.

– Est-ce que tu voudrais venir avec moi ? Partir d'ici ? Les Rockies sont un paysage tout aussi beau, et le soleil est un peu plus fiable là-bas. Et la cerise sur le gâteau : tu m'aurais, moi.

Elle a immédiatement croisé mon regard.

– Mais je n'ai pas cette liberté, quelle que soit la beauté de ta description.

Avec mes pouces, j'ai caressé doucement l'intérieur de ses poignets.

– Je sais que nos vies ne sont pas parfaites, mais je te demande juste, dans un monde parfait, je te demande d'imaginer, si tu n'avais pas ces obligations qui te retiennent, si on prenait cette décision juste toi et moi, est-ce que tu voudrais venir avec moi ? Est-ce que tu ferais le saut ?

– Au Colorado ?

– Au Colorado, j'ai confirmé, au cas peu probable où elle pensait que je l'invitais chez moi pour le thé.

Elle a refermé les yeux.

– Oui, a-t-elle dit dans un murmure.

J'ai soupiré. Tout mon corps a relâché la tension qui m'avait crispé depuis que Bishop m'avait dit qu'il allait falloir partir.

– Oh, Dieu merci !

– Mais quelle importance ? s'est-elle écriée, retenant ses larmes avec tant de force que son visage grimaçait. Ce que je veux ne compte pas. Je donnerais tout pour pouvoir déménager, aller ailleurs et recommencer, ne pas être la fille de cet ivrogne, avoir la chance de garder mon meilleur ami… Rien de tout ça n'a d'importance. Ma vie est ce qu'elle est.

– Pas forcément.

J'ai pris son visage entre mes mains, soutenu sa tête du bout de mes doigts.

– Bien sûr que si. Et Adeline ? Qu'est-ce qui lui arriverait ?

Mon cœur s'est serré. Elle faisait vraiment toujours passer les autres avant elle.

– Elle viendrait avec nous.

J'ai senti la mâchoire d'Avery se relâcher entre mes mains.

– Quoi ?

– Legacy a un très bon lycée. Des locaux tout neufs. C'est une petite ville, mais les gens là-bas sont gentils comme nulle part ailleurs. Addy y serait la bienvenue avec nous, et toi aussi. Arrête de me regarder comme si je délirais. C'est tout à fait possible.

– Tu l'emmènerais avec toi ? Avec nous ?

– Bien sûr que oui. Elle fait partie de toi, et elle a tout autant que toi besoin de partir d'ici.

– Et mon père ?

J'ai serré les dents. C'était le seul truc que j'avais trouvé dur à avaler, mais je savais que c'était nécessaire si je voulais qu'Avery reste dans ma vie. Et elle valait bien tous les obstacles à franchir. Elle valait le coup de marcher pieds nus sur du verre pilé. Je savais avec certitude que la fille que j'avais sous les yeux détenait la clé du reste de ma vie.

– Il peut venir aussi, j'ai dit avec douceur.

– Là, je sais que tu déconnes.

Elle a essayé de retirer son visage de mes mains, mais je ne l'ai pas laissée.

– Tu le détestes.

– Je déteste comme il te traite, j'ai corrigé. Je n'ai jamais compris pourquoi tu l'acceptes.

– C'est lui le tuteur d'Addy. Je ne pourrais pas l'abandonner.

– Si apprendre à le supporter est le prix que je dois payer pour te garder dans ma vie, très bien, je le ferai. Il y a des centres de réhabilitation au Colorado, et peut-être que si on pouvait le désintoxiquer…

Elle a eu un sanglot soudain, doublé d'un long gémissement. Ce n'était pas la réaction à laquelle je m'attendais.

– Avery, j'ai murmuré, ne pleure pas.

– Pourquoi ? Pourquoi tu ferais ça ? Accepter dans ta vie à toi ce qu'il y a de pire dans la mienne ?

J'ai essuyé la larme unique qui lui avait échappé et esquissé un sourire.

– Parce que ce que j'y gagne, c'est toi. Je ne peux pas te quitter. Ce n'était pas pour Bishop que je restais ici. Ça a toujours été pour toi.

– Mais pourquoi ? a-t-elle demandé, sa voix si étranglée qu'elle couinait presque.

– Enfin, tu ne sais vraiment pas ?

– Non.

Son murmure était aussi fragile que la lueur d'espoir que j'ai vue passer dans ses yeux bleus.

– Mais si, tu le sais. Tu l'as toujours su, tout comme moi.

Intérieurement, j'ai fait une prière rapide pour qu'elle ne me gifle pas, et je l'ai embrassée.

Elle a émis un petit cri de surprise et je lui ai juste donné une douce caresse avec ma bouche, effleurant ses lèvres lentement en attendant sa réponse. Elles étaient si douces. J'ai parcouru du bout de la langue sa lèvre inférieure et savouré son arc délicat. J'ai déposé des petits baisers légers sur sa bouche pendant un moment si long que j'en étais presque désespéré. Elle me laissait l'embrasser, certes, mais elle ne m'embrassait pas.

Lentement, j'ai reculé. J'avais peur de découvrir l'émotion dans son regard. Je priais pour que ce ne soit pas du dégoût. Qu'est-ce qui m'avait pris de l'embrasser comme ça ? Jamais on n'avait ni l'un ni l'autre insinué qu'il serait possible de franchir la limite, et je venais de sauter par-dessus à pieds joints.

Elle avait les yeux fermés… Ce qui ne me disait rien de ce qu'elle ressentait.

– Avery ? j'ai demandé tout bas.

Au bout de mes doigts, son pouls était rapide.

Ses paupières se sont ouvertes en frémissant, et je n'ai trouvé que de la surprise dans ses yeux. Aucune colère.

– Tu me veux ?

– Je t'ai *toujours* voulu.

Elle s'est pressée contre moi en soupirant, bouche ouverte, pour un baiser ardent. Ma langue s'est glissée entre ses lèvres comme j'en rêvais depuis des années et, bon Dieu, son goût était encore meilleur que je ne l'avais imaginé. Le thé à la menthe qu'elle aimait se mêlait à la saveur de ma douce et unique Avery.

J'ai exploré sa bouche avec ma langue. La sienne me rendait chaque caresse sans hésitation, et ces frictions excitantes ont propagé en moi un désir grandissant, jusque dans ma queue.

De mes mains, j'ai incliné sa tête pour pouvoir l'embrasser plus profondément. Si je n'avais que cette unique occasion de l'embrasser, bordel, j'allais tout faire pour lui laisser un souvenir qui la hanterait chaque nuit comme elle me hantait déjà. Elle s'est laissée aller contre moi, moulant tout naturellement son corps contre le mien.

À un moment, j'ai soudain pris conscience que – putain – j'embrassais Avery !

Et elle m'embrassait en retour avec passion, comme si sa vie en dépendait. Une de mes mains a quitté son visage pour descendre le long de son dos, assez lentement pour qu'elle puisse m'arrêter – elle n'a rien dit – puis j'ai saisi ses fesses et je l'ai soulevée pour l'asseoir sur la table. J'ai pris place entre ses cuisses et elle s'est frottée contre moi, a gémi tout en m'embrassant lorsqu'elle a senti mon érection.

Jamais de ma vie je n'avais bandé si fort, si vite, pour aucune des femmes que j'avais connues. Mais Avery n'était pas n'importe quelle femme. Elle était tout ce que j'avais toujours voulu. La femme à laquelle je comparais toutes les autres depuis que je l'avais rencontrée. La seule qui avait mon cœur entre ses mains sans même le savoir.

Elle a penché la tête en arrière et je l'ai embrassée le long du cou, en faisant attention de ne pas marquer sa chair si tendre. On n'avait plus dix-huit ans, et je n'allais pas la tripoter comme un ado sans expérience, même si tout mon corps me hurlait qu'elle était enfin dans mes bras, que je pouvais enfin la toucher.

Elle a enfoncé ses doigts dans mes cheveux et a pressé son bassin contre le mien, gémissant mon nom. C'était le plus beau son que j'aie jamais entendu.

J'ai ramené ma bouche contre la sienne pour un dernier long et langoureux baiser, exprimant tout ce que je voulais qu'elle comprenne. Je me suis abandonné à elle complètement. J'ai failli en oublier mon propre nom.

Et puis, avec un effort surhumain, j'ai fait un pas en arrière. Elle m'a regardé avec des yeux troublés et débordants de passion, ses lèvres gonflées par nos baisers.

Un effort surhumain, absolument.

– River ? a-t-elle demandé d'une voix rauque, tellement sexy que j'ai immédiatement eu envie de voir sa culotte par terre, ici, tout de suite.

Mais tout ce que j'ai fait, c'est lui embrasser le front et retirer mes mains avant de me laisser aller à baiser ma meilleure amie dans le bar où elle bossait. Avery méritait bien mieux que ça. Et moi aussi, pour avoir tant attendu.

– Je te veux, j'ai dit – ma voix était si grave qu'elle en était presque méconnaissable.

Elle a ouvert la bouche pour dire quelque chose, et j'ai appuyé mon pouce contre ses lèvres si tentantes.

– Ne dis rien. Je voulais seulement que tu saches que tu as plusieurs possibilités. Que JE suis une possibilité. Et que ce soit comme amie ou plus, je te veux avec moi au Colorado. Je pars le week-end prochain là-bas, et je t'ai déjà acheté un billet. Ce n'est qu'un week-end – pas un engagement pour la vie – mais je veux que tu viennes, que tu voies si tu pourrais faire ta vie là-bas. Une vie avec ou sans moi, comme tu voudras.

J'ai caressé sa lèvre du pouce et je me suis penché pour lui voler un dernier baiser.

– Bon Dieu, j'ai attendu tant d'années pour faire ça.

– River…

– Non. Ne dis rien. Réfléchis. Je vais attendre dehors que tu fermes tout, et après… on pourrait en discuter demain ?

Elle a acquiescé de la tête et j'ai reculé lentement, évitant le plus possible de remarquer ses seins qui se soulevaient au rythme rapide de sa respiration, ou ses lèvres qui restaient entrouvertes avec l'air d'attendre que je revienne pour l'embrasser encore fougueusement.

Peut-être que je venais de tout foutre en l'air. Peut-être que j'avais détruit la meilleure relation de ma vie en insistant pour la transformer en quelque chose qu'elle ne voulait pas… Mais quand je me suis retourné en sortant, j'ai vu qu'elle se touchait les lèvres, et je n'ai pas pu me retenir de sourire.

Peut-être aussi que je venais de prendre la meilleure décision de ma vie.

4

Avery

Je feuilletais le magazine dans le cabinet du Dr Stone sans vraiment voir les pages. J'avais l'esprit entièrement accaparé par River.

Il m'avait embrassée. Mes paupières se sont fermées quand je me suis rappelé sa bouche contre la mienne, la sensation de sa langue, son goût parfait, ses mains. J'ai effleuré mes lèvres du bout des doigts, comme si je pouvais encore sentir son baiser.

Comment un seul instant pouvait-il tout changer ?

Exactement comme ça.

C'était le plus beau baiser de ma vie... Tellement sexy que s'il n'avait pas mis le holà, je ne sais pas où ça se serait terminé.

Sur la table. Sur le bar. Dans son lit.

Je me suis sentie rougir et j'ai rouvert les yeux, souriante. Mon Dieu, il m'avait rendue tellement heureuse... Ça faisait bien longtemps que je n'avais pas été heureuse. Ces baisers n'avaient pas été les baisers maladroits de deux amis qui tentent un rapprochement soudain. Mais plutôt ce qui se passe quand deux aimants sont immédiatement, irrésistiblement attirés l'un vers l'autre.

– Qu'est-ce qui te rend si joyeuse ? a marmonné papa, assis sur la table d'examen.

– River, j'ai répondu franchement.

La veille, il m'avait envoyé des textos toute la journée, mais nos horaires n'étaient pas compatibles et on n'avait pas encore eu l'occasion de se revoir.

Papa a plissé les yeux, méfiant.

– Va pas t'attacher à ce garçon, Avery. Il va juste te briser le cœur en partant, et tu vas devenir carrément chiante. T'es déjà assez pénible comme ça.

Lisant mes pensées sur mon visage, il m'a pointée d'un doigt menaçant.

– Et tiens-toi bien, a-t-il ordonné.

J'ai ravalé ma colère, qui ne demandait qu'à sortir pour me défendre.

– Je pense plutôt que je vais l'accompagner au Colorado ce week-end, j'ai dit.

Papa en était bouche bée. Ses yeux jetaient des éclairs.

– Sûrement pas.

– Eh si, j'ai dit avec une certitude que je n'avais pas le matin même.

Apparemment, tu as pris ta décision.

– C'est juste pour un week-end, papa. Tatie Dawn a déjà promis qu'elle viendrait te tenir compagnie.

Elle avait même accepté avec enthousiasme quand je l'avais appelée, ce matin.

– Tu peux pas la déranger comme ça !

– Papa, elle habite à une demi-heure d'ici et elle est à la retraite. Venir passer un week-end avec son frère, c'est loin d'être un dérangement.

Il a bougonné, cognant son pied contre le côté de la table d'examen.

– Et Adeline, alors ?

– Adeline ?

J'ai refermé le magazine, abandonnant mon simulacre de lecture.

– T'envisages de déménager là-bas ? Avec lui ? Sinon, pourquoi tu irais ?

J'aurais dû attendre qu'on soit rentrés à la maison avant de dire quoi que ce soit, ou bien le lui dire avant son rendez-vous, pas pendant.

– On en parlera plus tard, j'ai répondu.

– Non. Le docteur est en retard, comme toujours. On va en parler maintenant.

Il a croisé ses bras sur sa poitrine. Ses ongles étaient trop longs, mais au moins j'avais réussi à lui faire prendre une douche, cette fois.

Pendant une seconde fulgurante, le potentiel d'un avenir différent m'a submergée – un avenir où chaque jour n'était pas fait de disputes avec lui, où je pourrais vivre ma propre vie, prendre pied enfin dans l'indépendance de l'âge adulte que j'avais toujours eu trop peur de désirer. Un avenir dans lequel River m'embrassait, dans lequel je me donnais enfin le droit d'examiner de plus près les sentiments que j'éprouvais pour mon meilleur ami.

– Et si je voulais partir ? j'ai demandé tout bas. Et si je voulais avoir une vraie vie, papa ?

– Une vie où t'es pas coincée avec ton père invalide ? C'est ça que tu veux dire ?

– Tu n'es pas invalide. Et River a déjà dit que tu pourrais venir avec nous…

– Ça suffit ! a-t-il aboyé. Je ne vais pas déménager au Colorado et toi non plus. Ta vie est ici, avec moi. Je sais que ce n'est pas la vie que tu voulais, mais ce n'est pas ce que je voulais non plus. On fait face ensemble. C'est toi et moi depuis toujours, Avery. Qu'est-ce que je ferais sans toi ? Et Adeline ? Tu sais bien qu'on ne peut pas s'en sortir sans toi. Alors tu peux partir un week-end et vivre ton petit conte de fées, mais tu sais très bien que tu vas revenir après. Tu n'es pas le genre de fille qui abandonne sa famille.

Il a haussé les sourcils bien haut, me mettant au défi d'affirmer que si, j'étais ce genre de fille. Est-ce qu'il avait raison ? Quelle importance avaient mes désirs ?

Le docteur a frappé avant d'entrer, et m'a épargné de m'enfoncer dans une spirale mentale.

– Monsieur Claire, a dit le Dr Stone en prenant place à son ordinateur pour consulter le dossier numérique de mon père. Alors, comment s'est passé ce mois-ci ? Vous avez pris du poids.

– J'aime manger, a plaisanté papa en exhibant son côté charmeur, comme toujours avec le docteur.

Après tout, le Dr Stone avait quelque chose que papa désirait.

Vous aussi, il vous manipule.

J'ai gardé mon avis pour moi pendant que le docteur l'examinait, l'auscultant et lui posant les mêmes questions qu'à chaque visite mensuelle.

– Et l'intensité de vos douleurs en ce moment ?

À cette question, j'ai tendu l'oreille attentivement.

– C'est affreux, docteur, a dit papa en grimaçant pendant que le docteur palpait ses lombaires. De pire en pire.

Le Dr Stone a hoché la tête, pensif, en se frottant la barbe. J'avais peine à croire qu'il avait le même âge que mon père. Ou bien j'étais simplement surprise qu'il existe des hommes de cet âge-là en bonne santé.

– Je ne vais pas vous mentir, Jim. La douleur ne va pas disparaître. Avec une fusion vertébrale, il n'y a aucune garantie. Je sais que ça fait mal.

– Est-ce qu'on peut augmenter ma dose ? Me soulager un peu ?

Le docteur a soupiré en reprenant place à son bureau, feuilletant à nouveau son dossier.

– Je crois franchement que vous êtes au maximum avec les opioïdes. Je ne peux pas vous en prescrire plus sans qu'on coure le risque d'une overdose.

– J'ai mal, a dit papa d'un ton si sec que j'ai tressailli.

Il ne laissait jamais paraître sa colère comme ça en dehors de la maison. Cet aspect de son caractère était réservé, à Adeline et moi.

– Je sais, a dit le Dr Stone en se reculant dans sa chaise. Il est peut-être temps d'envisager d'autres options.

– Des trucs plus forts ? a demandé papa.

Bon sang. Si papa se shootait encore plus, il allait planer plus haut qu'un astronaute.

– Non, mais il existe d'autres méthodes. Des moyens de cibler directement les nerfs.

Le docteur a incliné la tête pensivement.

– Et il faut qu'on se préoccupe de votre poids. D'autres patients avec la même maladie ont des vies relativement actives et normales. Ils souffrent, oui – c'est absolument vrai –, mais on réussit à diminuer les doses d'antidouleurs en les remplaçant par des moyens naturels.

– Ouais, ben ça ne m'intéresse pas. Je veux arrêter de souffrir. Maintenant. Vous pouvez m'aider, oui ou non ?

Le Dr Stone m'a regardée et j'ai baissé les yeux. Si je dénonçais papa, les répercussions à la maison seraient catastrophiques.

– Avery, est-ce que je peux vous parler dans le couloir ?

– Pourquoi vous voulez lui parler sans moi ? a demandé papa.

– Des histoires d'aidant, c'est tout. Elle est bien toujours votre personne de confiance en matière de santé, n'est-ce pas ?

– Oui, a admis papa en bougonnant.

– Alors il n'y a pas de problème, hein ? À moins que vous me cachiez quelque chose ?

– D'accord, c'est bon.

Merde.

Je n'avais pas besoin de regarder papa pour savoir qu'il me foudroyait du regard.

On est sortis dans le couloir et le Dr Stone a bien refermé la porte.

– Comment est-il en ce moment, vraiment ?

Furieux. Ivre. Verbalement maltraitant. C'est le tuteur légal d'Adeline.

– Ça va.

– Avery ?

Il a pris avec moi un ton de père sérieux qu'il avait probablement utilisé avec sa fille, Michelle… Michelle, qui était partie à la fac au Texas quand on avait fini le lycée. Michelle qui, sans aucun doute, avait une vie à elle.

Je pouvais mentir, laisser mon père s'abrutir de cachetons. Ou bien je pouvais faire un minuscule pas en avant pour imposer un peu de changement dans sa vie. Sinon pour mon propre bien, au moins pour Adeline.

– Il est en colère, j'ai dit, les yeux au sol, trahissant le seul parent qu'il me restait. Il boit trop, il refuse de se lever du canapé, et en dehors de la sortie mensuelle à la pharmacie, sa seule activité, c'est de tendre la main pour attraper la télécommande.

– Bon sang… a murmuré le médecin.

– Vous m'avez posé la question, j'ai dit en le regardant à nouveau. Il est en train de s'autodétruire.

– Et de te détruire en même temps, a-t-il remarqué.

J'ai fait non de la tête.

– Je ne dis pas ça pour moi. Mais pour Adeline…

Il a opiné lentement.

– Il faut que vous gardiez ça pour vous, j'ai murmuré.

Il s'est frotté le nez avec un grand soupir.

– D'accord. Merci d'avoir été honnête avec moi.

J'ai inspiré profondément et durci ma carapace défensive, et on est retournés dans le cabinet.

Entre ça et la bombe « départ au Colorado » que je venais de lui lâcher dessus, j'allais moi-même avoir besoin de ces fameux médocs antidouleur pour le mal de crâne qu'il allait me donner avec ses hurlements.

– Bon, Avery me dit que rien n'a vraiment changé, a dit le Dr Stone avec un sourire forcé. On va donc continuer avec la même dose. Je ne veux pas vous voir souffrir, mais nous allons explorer quelques autres traitements possibles, d'accord ? Je veux vraiment que vous retourniez faire de la kinésithérapie. Que vous preniez ça au sérieux, cette fois-ci.

– Non, a dit papa tout simplement, comme si le docteur lui avait demandé s'il voulait de la purée au dîner.

Le Dr Stone a gribouillé sur son ordonnancier puis arraché la feuille en souriant à mon père.

– Je ne vous demande pas votre avis. Si vous voulez que je renouvelle cette ordonnance le mois prochain, vous appellerez là, a-t-il dit en ajoutant à l'ordonnance une carte de visite avant de la tendre à papa. Mme Maxwell est une excellente kiné et, avant notre prochaine visite, je vérifierai auprès d'elle pour m'assurer que vous vous êtes bien présenté au nombre de séances qu'elle aura recommandé.

Papa a immédiatement regardé dans ma direction.

– Qu'est-ce que tu lui as dit ?

– Papa, j'ai dit, suppliante.

C'était déjà pénible d'avoir pour père l'ermite ivrogne dont tout le monde parlait, mais me faire une scène en public, en plus ? C'était un véritable enfer. Je n'avais plus connu ça depuis la fois où, à seize ans, j'avais dû le décoller par la force de son tabouret de bar au Golden Eagle.

Et maintenant, c'était là que je travaillais…

– Ce qu'elle a dit, c'est que vous supportez bien vos médicaments, mais que vous souffrez quand même, Jim, a répondu le Dr Stone. Il ne s'agit pas d'une punition. On cherche une solution à long terme pour que vous puissiez vous sentir à nouveau fonctionnel. La kiné va vous aider à renforcer la musculature de votre dos, et peut-être vous aider à perdre un peu de poids. Ça vous fera du bien. Et ce sera bénéfique aussi pour vos filles qui s'occupent si bien de vous.

Papa a grogné pour toute réponse.

À dire vrai, il ne s'était pas préoccupé de nous depuis si longtemps que je n'étais pas certaine qu'il en soit encore capable.

* * *

– OMG ! a couiné Adeline en dansant autour de moi, comme l'adolescente de treize ans qu'elle était.

– Chut ! j'ai dit, l'entraînant vers ma voiture.

– Tu ne peux pas me faire taire ! s'est-elle écriée en s'installant dans le siège passager pendant que je prenais le volant.

– Si, je peux.

– Non ! River et toi ! Enfin !

Je pouvais presque apercevoir des petits cœurs danser autour de sa tête, comme dans un dessin animé.

– Arrête ! j'ai dit en rigolant. Écoute, si je te l'ai dit, c'est uniquement parce que je veux savoir si c'est OK pour toi que tatie Dawn vienne vous tenir compagnie le week-end prochain.

– Absolument. En plus, papa n'aura pas d'autre choix que de bien se tenir quand elle sera là.

Elle a continué à bavarder, tout en répétant au moins douze fois qu'elle n'en revenait pas que ça nous ait pris si longtemps pour sortir ensemble. Je lui ai rappellé que ce n'était qu'un seul baiser et qu'on ne sortait pas ensemble.

– Mais si, bien sûr. Vous partez en week-end ensemble !

– Je l'accompagne pour une visite dans sa ville natale et pour voir où il va vivre. Il ne sait pas encore quand il va devoir déménager.

Trop vite.

– Tu devrais partir avec lui, a-t-elle dit tout en jouant sur son téléphone.

Mes mains se sont crispées sur le volant.

– Quoi ?

– Tu. Devrais. Partir. Te barrer loin d'ici, merde.

– Pas de gros mots, j'ai répondu automatiquement. Et puis c'est trop énorme, je ne peux même pas y penser.

– Pourquoi ? Parce que la vie ici, c'est si chouette que ça ? a dit Adeline en ricanant. Sérieux, si t'as la possibilité de partir, vas-y. Moi, je me barre dès que je peux.

– Tu es malheureuse ?

Elle a haussé les épaules, les yeux toujours fixés sur son téléphone.

– Ça va. Mais c'est pas comme si j'avais plein de copains. Tout est – nouveau haussement d'épaules – stagnant, ici. Y a rien qui change. Ça me fait l'impression d'un de ces étangs avec rien que de la boue et des moustiques.

– Mais il y a aussi des trucs bien, non ?

– Ouais, évidemment. Tu es là, toi, et c'est sympa de voir tatie Dawn quand elle vient. Mais je ne vais pas rester ici. Je vais partir pour mes études, et une fois que j'aurai vu comment c'est ailleurs, je reviendrai peut-être. Mais je ne veux pas avoir le sentiment que je suis restée parce que je n'avais pas d'autre option. T'es pas fâchée, hein ?

Elle m'a enfin regardée.

– Pas du tout, j'ai dit en tournant dans la rue de sa copine. Je pensais exactement la même chose à ton âge.

– Et puis maman est morte.

J'ai opiné, lentement.

– Et puis maman est morte.

Et avec elle, mon avenir tout entier.

J'ai garé la voiture devant la maison et coupé le moteur. Avant qu'Adeline ouvre la portière, j'ai posé la main sur son poignet pour la retenir un instant.

– Addy, si c'était toi, est-ce que tu partirais ? Si tu étais à ma place ?

– Sans hésitation, a-t-elle répondu, pleine d'assurance. Papa te fait vivre un enfer. Une fois River parti… Je pense que tu mérites une chance d'être heureuse. Vous le méritez tous les deux.

Mon cœur a tressailli. Je savais qu'il fallait que je lui pose la question. Je ne pouvais pas prendre ce genre de décision sans elle.

– OK, et s'il y avait moyen que tu viennes avec moi ? Tu viendrais ? Je sais que c'est plus compliqué que ça, et que tu as ta vie ici, tes amis et papa, mais en dehors de ça, tu viendrais ?

Elle a penché la tête sur le côté. C'était un geste qui me rappelait beaucoup notre mère.

– Je ferais mes cartons le lendemain. En théorie.

– En théorie, j'ai répété.

Elle s'est penchée pour me faire une bise sur la joue.

– Ne te fais pas des nœuds au cerveau, sœurette. On se voit plus tard ?

– Ouais.

Après un échange de « je t'aime ! », je l'ai laissée chez Mandy pour sa soirée copines. Pendant que je conduisais, mes pensées tournaient dans tous les sens. Qu'est-ce qu'il faudrait pour que je puisse l'emmener avec moi ? *Si tu pars.* Je ne pouvais pas abandonner Adeline. J'arrivais à peine à imaginer quitter papa. Même si son comportement empirait de plus en plus, c'était toujours mon père.

J'aurais tout donné pour avoir cinq minutes avec maman. Qu'est-ce qui allait se passer si je m'en allais d'ici, si j'en perdais mon père et que je me retrouvais avec le même genre de regret ?

Quand je me suis garée devant la maison de River, je n'avais pas encore réalisé que c'était là que j'allais. J'avais eu l'intention de rentrer chez moi mais, apparemment, mon inconscient savait mieux que moi de quoi j'avais besoin.

Zeus n'a pas aboyé quand je me suis approchée de la porte ; il n'était pas là, donc. Ce qui voulait dire qu'il était sorti courir avec River. Ma main s'est arrêtée sur la poignée. Est-ce que j'avais encore le droit d'entrer comme ça ? J'avais toujours la clé, bien sûr, mais on avait entamé une drôle de transition, et je ne savais pas vraiment où on en était.

Donner la clé à sa meilleure amie ? C'est rien, c'est normal.

Donner la clé à sa copine ? Un truc énorme. Comme le *Titanic* et son iceberg – vraiment énorme.

Aussi énorme que de déménager au Colorado.

J'ai choisi de rester au soleil de l'après-midi – quinze heures, il était pile au-dessus de moi – et je me suis assise sur les marches du porche, jambes allongées. Le silence m'a apaisée. La tranquillité m'emplissait la poitrine un peu plus à chaque respiration et se répandait dans tous mes membres, comme seule la présence de River (ou la proximité de sa maison) pouvait le faire.

J'ai rouvert les yeux en entendant des pas sur le gravier, et la vue m'a coupé le souffle. Oh !

putain. River arrivait en courant, Zeus à ses côtés, ses foulées avalant la distance.

Il était torse nu, exhibant sa magnifique peau bronzée à la lumière du soleil. J'avais toujours su qu'il était sexy. Je n'étais pas aveugle ; je savais bien que les filles se jetaient sur lui et je n'ignorais pas ma propre attirance. Mais jamais auparavant je n'avais eu besoin de me retenir de baver devant lui comme ça. Le tatouage tribal qui s'étalait sur toute la largeur de sa poitrine tanguait avec ses mouvements et, quand il s'est rapproché, j'ai pu discerner la sueur qui coulait le long des muscles de son torse et convergeait sur ses abdos sculptés.

Cet homme était un sex-toy sur pattes.

J'ai replié mes jambes sous mes fesses tandis qu'il ralentissait enfin, arborant un grand sourire.

– Salut, toi, a-t-il dit, sa respiration forte mais pas haletante.

– Coucou ! j'ai dit, subitement timide.

La dernière fois qu'on s'était parlé, c'était juste après des baisers plutôt intenses.

Vu sa façon de me regarder – une avidité flagrante dans son regard brun – j'ai eu l'impression qu'il repensait exactement à la même chose que moi.

– Qu'est-ce que tu fais dehors ? m'a-t-il demandé pendant que Zeus me léchait les joues.

– Je t'attends.

Il a plissé le front, et m'a aidée à me relever, sans effort.

– Bonne réponse. Tu veux entrer ?

J'ai fait oui de la tête et je l'ai suivi à l'intérieur. Il s'est rendu directement dans la cuisine, a ouvert le frigo pour en tirer deux bouteilles d'eau et m'en a tendu une.

– Non merci.

Mon estomac n'aurait pas supporté même une goutte d'eau.

– OK.

Il a descendu sa bouteille. Merde, même les muscles de sa gorge étaient sexy.

– Alors, pourquoi tu m'attendais sur les marches comme une inconnue ? Tu as la clé, a-t-il dit en jetant la bouteille vide au recyclage.

– J'ai pensé que la clé était devenue un truc compliqué, tout d'un coup, j'ai dit en détaillant les muscles de son dos quand il s'est retourné pour prendre la deuxième bouteille.

Je savais que Bishop le poussait à la salle de gym, mais putain… Rien, juste… putain, quoi.

Jusqu'ici, il avait toujours porté un T-shirt en ma présence, sauf si on était au lac et, pour tout dire, je n'avais pas regardé. Quel intérêt de regarder et de désirer ce qu'on sait inaccessible ? Mais maintenant, il l'était. C'était comme si sept années de frustration sexuelle accumulées me tombaient dessus d'un seul coup et défonçaient mes murailles défensives à grands coups de bélier… Un bélier en acier trempé… Un peu comme son corps musclé.

– Simplifie, alors. T'as une clé, tu peux t'en servir.

Il m'a regardée avec ses yeux incroyables et j'ai failli fondre. C'était ça, le charme tant vanté par les autres filles au bar ? Est-ce qu'il ne l'avait simplement jamais utilisé sur moi, auparavant ?

– Tu me l'as donnée… Tu sais… avant.

– Avant quoi ?

J'ai vidé mes poumons à fond, soufflant bruyamment entre mes lèvres.

– Allez, tu sais bien.

Son sourire en coin a mis le feu à mon corps.

Heureusement qu'il sait éteindre un incendie.

– Dis-le.

– Avant que tu m'embrasses et que je passe de Avery-meilleure-amie à… je ne sais pas vraiment quoi. Avery-bonne-à-embrasser ?

Il s'est rapproché, s'arrêtant tout près de moi mais sans me toucher.

– Tu as toujours été Avery bonne à embrasser, c'est juste que je n'ai jamais eu le droit de t'embrasser comme je voulais. Tu es aussi Avery bonne à baiser…

– River !

Mes joues s'échauffaient.

Son sourire s'est encore élargi, tellement beau.

– Oh ! non, je n'ai plus rien à perdre. J'en ai assez de minimiser. Assez de me retenir en ta présence. Assez de faire tout ce que je peux pour cacher à quel point j'ai envie de toi.

Putain, il était bon à ce jeu-là. Rien qu'à ses mots, j'étais prête à lui arracher ses vêtements dans la cuisine.

Ou bien c'est d'avoir passé plus d'un an sans sexe…

– D'accord, j'ai murmuré.

Nulle.

Il m'a caressé la joue avec son pouce.

– Mais tu es toujours Avery ma meilleure amie. Ça ne changera jamais, quel que soit le nombre de fois où j'ai le droit de t'embrasser, le nombre de fois où tu me permets de te toucher. Si tu décides que c'étaient les seuls baisers de notre vie, tu seras toujours ma meilleure amie.

Rien que d'y penser, ça me rendait malade.

– Ça te conviendrait, si je te privais de baisers ?

– Non. Je ferais juste tout mon possible pour te convaincre de changer d'avis.

– Oh.

– Oh, a-t-il répété, avant de m'embrasser légèrement sur le front.

Puis il a fait un pas en arrière. Une pointe de déception m'a transpercée ; je l'ai sentie pile entre mes cuisses.

– Alors, qu'est-ce qui t'amène ? a-t-il demandé en consultant l'heure sur son téléphone. Je sais que tu dois être au boulot dans vingt minutes.

– Je me suis retrouvée là sans réfléchir.

– C'est pas grave. Ça me fait plaisir de te voir.

Sans me quitter des yeux, il a levé la seconde bouteille d'eau à ses lèvres pour boire une gorgée.

Il y avait quelque chose de tellement banal dans son geste, dans le confort entre nous, que ça me donnait l'envie d'un avenir différent – et je me suis demandé s'il était encore possible de changer le cours de ma vie.

– Je vais venir, j'ai dit tout d'un coup.

Puis j'ai précisé.

– Pour le week-end.

– Vraiment ?

Son visage s'est illuminée, comme la fois où je lui avais offert des billets pour le concert de Mumford & Sons à son anniversaire.

– Oui.

Avant même d'avoir prononcé ce mot en entier, j'étais déjà dans ses bras, et il m'a soulevée pour me faire tournoyer dans la cuisine contre son torse chaud et couvert de sueur.

– Tu vas adorer ! m'a-t-il promis en valsant.

Un rire s'est échappé de ma poitrine, et je me suis sentie légère comme je ne l'avais pas été depuis des années. Comme s'il avait soulevé non seulement tout mon poids mais plus encore – comme s'il avait allégé mon âme aussi.

– Est-ce que je peux t'embrasser ? a-t-il demandé, son regard dardant sur mes lèvres.

– Oui, j'ai répondu. Mais tu ferais mieux de te dépêcher, il faut que je parte dans cinq minutes.

Ses lèvres ont effleuré les miennes, faisant à nouveau connaissance, et m'ont arraché un soupir. Et puis nos bouches se sont ouvertes toutes les deux et le doux baiser est devenu ardent si vite que j'en ai eu le tournis. Bon sang comme il embrassait bien !

Il a oblitéré presque toutes mes pensées. Je ne m'inquiétais plus de rien à part de l'embrasser plus profondément et de me coller encore plus fort contre son corps.

En fin de compte, c'est lui qui a retiré mes mains de son cou.

– Tu ferais mieux d'y aller avant que je décide de te garder ici avec moi.

– Pas sûr que je m'y opposerai…

Il a grogné en me reposant à terre, avant de reculer lentement.

– Vas-y. Tout de suite. Mais prépare-toi pour un voyage au Colorado parfait, parce que là, tu seras toute à moi.

– J'aime bien ces mots-là… *toute à moi.*

– Moi aussi, a-t-il répondu d'une voix douce.

C'était bien. Non, c'était encore mieux que tout ce que j'avais pu ressentir. Et quand il me regardait comme ça – comme s'il avait attendu toute sa vie pour un minuscule bout de moi et qu'il échafaudait désormais un plan d'attaque sérieux – ça me faisait fondre.

Comment s'était-on retrouvés là ? Comment était-on passés en deux jours à peine de deux amis à deux ados en manque de sexe ?

– Allez, Avery. Vas-y.

Il a caressé sa lèvre inférieure avec sa langue, et j'ai compris que si je restais une seconde de plus je n'allais pas réussir à partir au boulot. Plus jamais.

Je suis partie en courant.

5

River

Eh ben, elle était longue, celle-là ! J'ai contemplé la tranchée qu'on avait creusée au sud de l'incendie, l'examinant pour discerner ses points faibles. On avait choisi le seul emplacement possible pour creuser, et tout fait pour évacuer autant que possible tout ce qui était combustible.

– Ça va ? m'a demandé Bishop en rangeant sa tronçonneuse dans sa boîte.

– Ouais, j'ai terminé.

La sueur me coulait sur le visage. J'étais impatient de redescendre de cette ligne de crête et d'enlever enfin mon casque.

L'incendie était plutôt petit par rapport à notre dernier, mais quand on avait été appelés peu après le départ d'Avery, j'avais accepté. J'accepterais toujours. Je me représentais ça comme un dernier tour de piste avec l'équipe de Soleil de minuit.

J'avais aussi juré comme un putain de charretier. Cet incendie, aussi petit qu'il ait été, m'avait coûté quatre jours avec Avery. Peut-être que, tout bien pesé, quatre jours ce n'était pas grand-chose. Mais comme je n'avais plus que quelques semaines garanties avec elle, c'était une éternité.

– Allez, on se barre, a dit Bishop en hissant sa tronçonneuse sur son épaule.

J'ai jeté un dernier coup d'œil à la crête. Est-ce que ce serait la dernière fois que je bossais dans les contrées de l'Alaska sauvage ? C'était une possibilité douce-amère. Dans un an, je serais dans l'équipe de Legacy, en tout cas si on arrivait à rassembler le nombre d'héritiers exigé par le conseil.

– River ? m'a crié Bishop.

Le reste de l'équipe commençait à redescendre de la montagne.

– Ouais, me voilà, j'ai dit en les rejoignant.

Si on arrivait en bas en deux heures, il y avait une chance que je puisse rentrer à temps pour voir Avery ce soir.

– Prêt à rentrer chez nous ? m'a demandé Bishop quand je l'ai rattrapé.

– Quel chez nous ?

– Les deux, je suppose.

– Prêt à voir Avery, en tout cas.

Il m'a fait un grand sourire.

– Ah, c'est comme ça maintenant, alors ?

– Honnêtement, je ne sais pas vraiment comment c'est. Elle a accepté de venir au Colorado pour le week-end, et ça, je prends.

– Et ce qu'elle a d'autre à offrir ? a demandé mon frère en me lançant un regard en coin.

– Je prendrai tout ce qu'elle veut bien me donner, j'ai répondu tout bas.

Bishop, qui n'était pas du genre à parler de ses sentiments, a serré les dents. Puis sa bouche s'est ouverte et refermée plusieurs fois – un long moment ; c'était pénible à voir.

– Allez, putain, dis ce que t'as à dire. Crache ton morceau.

– Est-ce que tu veux changer d'avis pour l'équipe de Legacy ? Ici, t'as une vie, une maison, une super équipe et une super nana. Tu ne perdrais pas mon respect si tu ne voulais pas y aller.

J'ai réfléchi. Je pourrais tout simplement rester. J'aimais Soleil de minuit, ma maison, les paysages... Bon sang, même les horaires déments du soleil me devenaient familiers, à force. Rester ici me donnait une chance de garder Avery, de vraiment voir ce qu'on pouvait devenir ensemble. Si une relation amoureuse avec elle était aussi simple qu'être son meilleur ami, clairement, on allait former un couple extraordinaire. Mais même si j'étais certain qu'on serait parfaits ensemble, je savais aussi que la probabilité qu'elle déménage avec moi était infime.

Jamais elle n'allait abandonner son père, et jamais il n'allait accepter de déménager.

Mais si je ne partais pas, Legacy ne pouvait pas retrouver son équipe des Têtes brûlées, et j'allais perdre l'ultime vestige qui restait de mon père. Bishop aussi, et tous les autres héritiers de Legacy.

J'étais baisé, d'une manière ou d'une autre.

– River ? a répété Bishop en continuant la descente.

– Désolé, c'est compliqué. Je n'ai pas changé d'avis pour l'équipe. J'espère juste que la visite au Colorado va suffire à donner à Avery l'envie de déménager avec moi.

Bishop a sifflé entre ses dents.

– C'est beaucoup demander à une fille avec qui tu sors depuis une semaine à peine.

Est-ce qu'on sortait ensemble ? On n'avait pas vraiment eu de conversation pour définir notre relation.

– C'est la manœuvre du désespoir. Tout ça, entre nous, c'est la dernière chance. Mais je ne pouvais pas partir sans le tenter.

– T'es amoureux d'elle.

Ma main s'est crispée sur le manche de ma hache.

– Depuis quand tu le sais ?

Il a haussé l'épaule, soulevant sa tronçonneuse.

– Depuis la première année qu'on est là. Je pensais bien que tu finirais par l'avouer un jour ou l'autre.

– C'est quasiment le dernier des derniers moments.

– Ouais, mais c'est pas les matchs qu'on gagne facilement qui restent dans nos mémoires, tu sais ? Les victoires qui marquent, ce sont celles dont l'issue a été incertaine jusqu'à la dernière minute, pendant les prolongations.

– Les manœuvres désespérées, j'ai dit.

Il m'a tapé dans le dos, encourageant.

– Les manœuvres désespérées.

* * *

Le bar était bien plein pour un mardi, mais c'était *Ladies Night* : les femmes venaient pour les boissons offertes, et les hommes venaient pour les femmes.

Je me suis faufilé dans la foule et j'ai accaparé une table au fond, m'asseyant de manière à pouvoir observer Avery au bar.

– Toi et Avery, hein ? a dit Jessie en prenant la place libre à ma droite.

– Comment tu sais ? j'ai demandé, sans quitter Avery des yeux.

Celle-ci s'est mise sur la pointe des pieds pour attraper une bouteille sur l'étagère, ce qui m'a donné une parfaite vision de son cul, et j'ai inspiré brusquement, par pur réflexe. On était dans une pièce qui contenait au moins trente de nos voisins. Le bon sens m'a suggéré que ce n'était pas le bon endroit pour la reluquer comme ça, et encore moins pour fantasmer de l'asseoir sur le bar et de faire glisser son jean le long de ses cuisses pour pouvoir goûter à son sexe. Jusque-là, jamais je n'avais eu de mal à me contrôler en présence d'Avery… Mais maintenant que j'avais eu un échantillon et que je savais qu'elle voulait la même chose que moi… Disons que mon corps faisait de son mieux pour prendre le dessus sur mon bon sens.

Et le bar était vraiment à la hauteur parfaite.

– Je t'en prie. Comme si on pouvait avoir un secret dans cette ville. Quasiment tout le monde a remarqué les regards que vous échangiez tous les deux, ces dernières années. On attendait juste qu'Avery trouve la force de dire quelque chose et que t'arrêtes de baiser à tout va avec les étudiantes à Fairbanks.

– « Les regards que vous échangiez » ? j'ai répété, toujours concentré sur Avery.

J'admettais que ça se voyait sans doute comme le nez au milieu de la figure. Bordel, je ne la quittais pas des yeux quand on était dans la même pièce – d'où mes ruptures à répétition – mais en revanche, Avery n'avait jamais montré le moindre soupçon d'envie de partager plus avec moi. Si elle avait esquissé ne serait-ce qu'un geste dans ma direction, j'aurais bondi avant même qu'elle ne le demande.

Jamais elle n'avait signalé quoi que ce soit. C'était peut-être une des raisons pour lesquelles cette situation me terrifiait. Est-ce qu'elle m'embrassait simplement parce qu'elle ne voulait pas perdre son meilleur ami ? Est-ce que je la poussais vers quelque chose qu'elle ne désirait pas vraiment ?

Être aussi peu sûr de moi m'était étranger, et en plus ça tombait vraiment mal, puisque je n'allais avoir que quelques jours au Colorado pour la convaincre de déraciner sa vie entière pour moi.

– Déconne pas, a ricané Jessie en manipulant sa bouteille de bière. Tu la regardes comme si tu voulais la bouffer toute crue.

– C'est pas faux, j'ai avoué.

J'avais arrêté de cacher mes sentiments pour elle. J'ai dégluti, la gorge serrée par l'inquiétude.

– Et elle ?

Elle a haussé un sourcil, incrédule.

– Sérieusement ?

– Sérieusement.

– Elle te regarde comme si tu incarnais à toi seul tous ses désirs, trempés dans le chocolat et prêts à croquer. Depuis toujours.

J'ai enfin détaché mon regard d'Avery pour le planter sur Jessie. Elle a hoché lentement la tête, tout en rigolant.

– Si tu voyais ta tête ! Encore un peu et ta mâchoire tomberait carrément par terre.

Mon regard faisait des allers-retours entre les deux femmes. Avery me regardait ? Bordel, pourquoi je n'avais rien remarqué ? J'étais aveugle ou quoi ? Ou elle était vraiment forte pour dissimuler ses sentiments ?

– Jamais je n'aurais cru qu'un jour viendrait où River Maldonado ne saurait plus quoi dire.

– Tout vient à point, j'ai dit tout bas.

Peut-être que ça allait marcher. Peut-être qu'elle voulait vraiment de moi, assez pour déménager. Dans mon esprit, les différents scénarios se déroulaient à toute vitesse. J'ai déverrouillé mon téléphone. Elle pouvait rester jusqu'à la fin de l'année scolaire si nécessaire pour Addy, ou simplement pour donner à son père quelques mois de plus pour changer d'avis, et elle arriverait au Colorado cet été. À ce moment-là, je serais déjà bien installé, et ils pourraient vivre avec moi le temps de décider ce qu'ils voulaient comme logement.

Ou bien peut-être qu'Avery ne repartirait pas. Que ma maison deviendrait *notre* maison.

Ma poitrine s'est serrée presque au point de me faire mal quand je l'ai vue sourire à Maud. Je ne pouvais pas aller trop vite – même si j'étais amoureux d'elle depuis sept ans, rien ne disait que c'était pareil pour elle. Et en même temps, avec la date limite imposée à l'équipe de Legacy, je n'avais vraiment pas d'autre option.

Je ne me lassais pas de la regarder, certes, mais je ne pouvais pas attendre une minute de plus pour la prendre dans mes bras.

River : TU FAIS QUOI ?

J'ai envoyé le texto et je l'ai vue sortir son téléphone de sa poche et sourire en tapotant une réponse avec ses pouces.

Avery : JE BOSSE. ET TOI ? ET L'INCENDIE ?

River : L'INCENDIE EST À 100 % MAÎTRISÉ. J'ENVISAGE DE SORTIR CE SOIR AVEC UNE BLONDE SUPER SEXY.

Elle a froncé les sourcils et s'est décomposée.

River : C'EST LE RUBAN VERT DANS SES CHEVEUX QUI M'EXCITE, Y A PAS DE DOUTE.

Elle a immédiatement relevé la tête, , les yeux écarquillés, pour fouiller le bar du regard. Le ruban sautillait avec chaque mouvement de sa queue-de-cheval.

Dès qu'elle m'a vu, elle a bondi pour contourner le bar en courant. J'avais à peine reculé ma chaise pour me lever qu'elle était déjà dans mes bras, toute douce. Elle sentait tellement bon.

– Salut, chérie, j'ai dit, ma bouche dans ses cheveux parce que je l'avais soulevée dans mes bras pour la serrer contre ma poitrine.

Elle a noué ses jambes incroyables autour de ma taille et enfoui son visage dans mon cou. Puis elle a dit mon nom dans un soupir, comme si c'était une prière.

– River… Pourquoi tu ne m'as pas dit que tu étais rentré ?

– Je voulais te faire la surprise.

Je savourais la sensation de son corps contre le mien, son poids dans mes bras, si facile à soutenir.

Elle a serré ses bras plus fort et passé ses doigts dans mes cheveux pour me frotter doucement le cuir chevelu.

– J'étais tellement inquiète.

Merde, je l'aimais vraiment.

– Je vais bien. Promis. Je suis désolé, le réseau ne passait pas là-bas, mais je t'assure, c'était vraiment pas un incendie compliqué.

– Tant mieux. Je ne savais pas si tu allais rentrer avant qu'on doive partir.

Je l'ai incitée à reculer un peu pour qu'on puisse se regarder dans les yeux.

– Rien ne pourrait m'empêcher de t'emmener au Colorado ce week-end.

Rien. Pas son père, ni même Addy – et je l'adorais, pourtant. Mais ce week-end était pour nous.

Son regard s'est porté sur ma bouche et le désir m'a submergé, plus intense que toutes les autres retrouvailles après incendie.

– Si tu continues à me regarder comme ça, je vais t'embrasser devant tout le monde. Je n'ai jamais eu peur des ragots, moi, mais tu n'es peut-être pas du même avis.

Elle a pointé sa langue pour mouiller sa lèvre inférieure.

– Je m'en fiche.

Et puis merde, après tout !

J'ai enfoncé mes doigts à la base de sa queue-de-cheval et écrasé sa bouche contre la mienne. J'ai fait mon possible pour bien garder en tête que je ne pouvais pas la déshabiller au beau milieu d'un bar plein de gens. J'ai même essayé d'en faire un baiser court, juste assez long pour satisfaire l'envie irrésistible de sa bouche qui m'avait taraudé depuis mon départ.

Je n'ai pas réussi.

Sa langue a caressé la mienne et j'ai tout perdu de vue. J'ai plongé. Je me suis laissé emporter, inclinant sa tête pour trouver un angle plus profond, plus doux. J'ai oublié où on était. J'ai carrément oublié qu'on n'était pas seuls au monde – qu'il existait un monde en dehors de nous deux.

Elle s'est cambrée, et ses fesses se sont calées fermement dans ma main pendant que ses seins me coupaient le souffle en se pressant contre mon torse. Elle a eu un petit gémissement sexy au fond de sa gorge, et j'étais prêt à l'emporter dans mes bras immédiatement et à la prendre dans mon putain de pick-up si ça pouvait soulager un tout petit peu les palpitations de ma queue.

Quelqu'un s'est raclé la gorge près de nous, et j'ai repris conscience qu'on était, effectivement, très loin d'être seuls. J'ai reculé un peu la tête, mais Avery a retenu ma lèvre avec une douce succion, et ses dents ont effleuré ma peau légèrement juste avant de la relâcher.

Bordel de merde.

Ma respiration était trop rapide, effrénée, et j'étais bien trop excité pour être en public.

– Bienvenue à la maison, a-t-elle murmuré, ses yeux bleus débordant de joie et de passion.

– J'aime entendre ça, j'ai admis en la reposant à terre.

Ses courbes ont frotté contre moi sur chaque. Centimètre. De. La. Descente.

– Te me tues, là.

– C'est réciproque.

– Eh ben, il était temps ! s'est écrié un type au bar.

Puis des applaudissements ont enchaîné derrière, et Avery a enfoui son visage magnifique mais tout rouge dans ma chemise.

– C'est ça, c'est ça, j'ai dit quand les applaudissements se sont calmés.

– Et merde, a murmuré Avery.

Je lui ai relevé le menton pour embrasser son nez retroussé par sa grimace gênée.

– Je ferais mieux d'y aller et de faire ma valise pour demain.

– Tu t'y prends un peu tard, a-t-elle remarqué.

– Oh, tu me connais. Tu sais bien que je fais toujours tout à la dernière minute.

Comme te dire que je te veux.

Elle a souri et m'a embrassé – un petit bisou.

– Tu viens me chercher demain matin ?

– Evidemment.

Je l'ai embrassée rapidement en guise d'au revoir, parce que j'en avais enfin le droit, et je me suis dirigé vers la porte vite fait, avant d'être tenté de me remettre à lui rouler des pelles trop enthousiastes. Elle m'a fait signe de la main quand je me suis retourné. Tout d'un coup, les huit heures et quelques qu'il allait falloir attendre avant de l'embrasser à nouveau m'ont fait l'effet d'une éternité.

Elle occupait toutes mes pensées. Je suis rentré chez moi, j'ai fait ma valise et je ne pensais qu'à elle. J'ai essayé de fermer l'œil pour dormir au moins quelques heures… mais je ne pensais qu'à elle. Après les sept dernières années, j'avais du mal à croire que tout allait dépendre des quelques jours qui s'annonçaient.

Il fallait que je trouve un moyen de la convaincre qu'elle serait heureuse au Colorado – que je valais qu'elle en prenne le risque. C'était gros, ce que je lui demandais. C'était même énorme. Je voulais qu'elle déracine sa vie tout entière et qu'elle la transplante à des milliers de kilomètres… Et tout ça parce que je savais qu'il n'y avait qu'ensemble qu'on pourrait avoir un avenir radieux.

Et si son père ne voulait pas venir ?

Et si elle ne voulait pas le quitter ?

Sur ma table de nuit, le réveil tictaquait en continu et me rappelait que je devais me lever à peine quelques heures plus tard, mais ça n'empêchait pas mon cerveau de tourner en rond, ni mon estomac nauséeux de tanguer quand je me disais que même si je l'aimais plus que tout, jamais elle n'abandonnerait sa famille.

Je ne pouvais pas laisser l'équipe de mon père mourir avant même d'avoir une chance de revivre… Mais je savais aussi que si Avery restait en Alaska, j'allais devenir une coquille vide.

Il fallait que ces quelques jours soient aussi parfaits que possible.

6

Avery

– Comment ça, vous avez perdu nos bagages ? a demandé River à l'employée au comptoir de la compagnie aérienne, le lendemain.

Après un retard sur le vol depuis Fairbanks, puis une course effrénée à travers l'aéroport de Seattle pour attraper de justesse notre avion pour Denver, et enfin l'avion le plus minuscule que j'aie jamais accepté de prendre pour atteindre Gunnison… disons que ce voyage commençait plutôt mal.

Ça faisait dix heures qu'on était en transit, et même si j'étais contente d'être là et de visiter la ville natale de River, j'étais aussi sur le point de faire un raid sur le distributeur automatique de snacks dans le hall, comme en pleine apocalypse zombie, si on ne dénichait pas vite fait quelque chose à manger.

– Vos bagages sont en route pour Denver en provenance de Seattle, monsieur, a dit la jeune fille en remontant ses lunettes sur son nez, avec un regard qui télégraphiait très bien « Ne me bouffez pas toute crue, s'il vous plaît ».

Pas parce que River était intimidant.

Menteuse. River était massif – et, à ce moment-là, assez grincheux.

– Ce n'est pas grave, j'ai dit en posant la main sur son biceps.

– Si, c'est grave, a-t-il insisté. Toutes tes affaires…

– Je peux acheter le nécessaire en attendant que nos valises arrivent.

J'ai regardé la fille, qui tapotait frénétiquement son clavier.

– Est-ce que vous pouvez les faire livrer à Legacy quand elles arriveront ?

– Tout à fait, a-t-elle dit en hochant la tête. Le prochain vol arrive de Denver…

Elle a continué à tapoter sans jamais lever les yeux plus haut que la poitrine de River.

– … demain matin à sept heures trente.

– Mais ce n'est pas possible !

J'ai pressé légèrement le biceps de River, puis j'ai passé mon bras sous le sien et je me suis collée à lui.

– Ça ira très bien, j'ai dit.

La fille a pris note de nos coordonnées à une vitesse impressionnante. Plus ça durait, plus River était tendu, au point que je me demandais s'il n'approchait pas de la déchirure musculaire.

Les yeux de l'agente au comptoir se sont écarquillés en voyant quelque chose derrière nous, et je me suis retournée. Bishop s'avançait, l'air de plus en plus furax à chaque pas. Je n'étais peut-être pas la seule qui avait vraiment besoin de manger, tiens.

– Qu'est-ce qu'il y a ? a demandé River.

– Plus une seule voiture de location. Ils ont pris des réservations en double ou je ne sais quoi.

– Mais comment c'est possible ? a demandé River d'un ton cassant.

– C'est plus ou moins logique, avec la journée qu'on se tape, j'ai répondu en riant.

Ils m'ont regardée tous les deux comme si j'étais folle.

– J'ai appelé Knox, et il est en route. On en a sans doute encore pour trois quarts d'heure avant qu'il arrive.

– Parfait, ça nous laisse juste le temps de trouver à manger ! j'ai dit.

– Malheureusement, le café de l'aéroport a fermé il y a une demi-heure, a dit l'agente, qui s'est recroquevillée quand on s'est tous retournés pour la regarder. Il ferme après le dernier vol de la journée, et c'était justement le vôtre.

River a grincé des dents.

– Il est à peine huit heures.

– C'est un petit aéroport.

– Allons attendre dehors, j'ai proposé. Je n'ai jamais vu le coucher de soleil au Colorado.

Ni nulle part ailleurs qu'en Alaska.

J'ai affiché un grand sourire et prié pour que ça suffise à convaincre River de ne pas harceler cette pauvre employée. Ce n'était pas sa faute si on avait la poisse aujourd'hui.

J'ai gentiment tiré sur le bras de River et il m'a suivie dehors, Bishop sur nos talons.

Après un Snickers, je me sentais à nouveau plus ou moins humaine. River a attrapé le bout de mon doigt dans sa bouche pour lécher le reste de chocolat fondu sur ma peau, et j'ai serré les cuisses. Il a mordillé mon doigt avant de me le rendre, et m'a fait un sourire narquois en me voyant bouche bée.

– Je suis tellement désolé que la journée soit un désastre, a-t-il dit.

Il a enfoui ses doigts dans mes cheveux, dans ma queue-de-cheval à moitié défaite par le voyage. La brise du soir a enroulé autour de mon cou quelques mèches échappées, et il me les a remises en place quand on s'est assis sur un banc.

– Ce n'est pas un désastre, j'ai répondu. C'est juste un kaléidoscope d'inconvénients.

– Les kaléidoscopes, c'est beau.

– Et ça aussi, c'est beau. Vois-le comme ça : on vient juste de finir un délicieux morceau de chocolat en regardant le soleil se coucher derrière les Rockies. Il fait un temps magnifique, et c'est probablement le meilleur premier rencard que j'aie jamais eu.

Il a eu un sourire en coin.

– Premier rencard, hein ?

– T'appellerais ça comment ?

– Une bande-annonce.

– De quoi ?

– De tout ce qu'on pourrait avoir ensemble, a-t-il murmuré avant de caresser mes lèvres avec les siennes.

Puis il a tracé le contour de ma lèvre inférieure avec la pointe de sa langue.

Est-ce que j'allais me lasser un jour de l'embrasser ? J'en voulais encore et toujours plus. Et sur le même sujet, combien de temps fallait-il que j'attende avant d'avoir le droit d'embrasser d'autres parties de son corps ? Où trouver le manuel qui statuait sur une question comme : « Dis, je sais qu'on vient à peine de se mettre ensemble, mais ça fait des années que je voudrais te lécher les abdos ? »

Quand il a mis fin au baiser, j'ai inspiré profondément. Mes poumons me brûlaient.

– Waouh, rien que de t'embrasser, ça me coupe le souffle.

Il a rigolé.

– Ça, ma chère Avery, c'est l'altitude. Mais je veux bien que tu me l'attribues. On est à presque deux mille cinq cents mètres ici, et notre destination est à deux mille huit cents mètres.

– Plus facile de se saouler en altitude, a dit Bishop en nous rejoignant.

J'ai rougi en me demandant ce qu'il avait vu.

– T'inquiète pas, a-t-il dit, comme s'il avait lu dans mes pensées. Ça fait des années que j'attends que vous arrêtiez vos conneries, tous les deux.

Un SUV noir s'est garé le long du trottoir.

– Et voilà Knox, a-t-il ajouté.

– Comment tu sais que c'est lui ? a demandé River.

– Il n'y a que nous ici, et ils ont fermé les portes de l'aéroport il y a vingt minutes.

– Bien vu.

On s'est levés du banc. Quand un mec diablement sexy est sorti du véhicule et s'est approché, River m'a attirée contre lui, son bras sur mon épaule.

Discret.

– Knox, a dit Bishop en lui serrant la main, avant une de ces embrassades de mecs où ils se tapent sur le dos avec enthousiasme.

– Content de te voir, Bishop.

Knox a regardé River en souriant, puis l'a attiré lui aussi dans une embrassade.

– River. Waouh, t'es massif. Qu'est-ce qu'on vous file à bouffer en Alaska ?

– De l'élan, a blagué River.

Knox m'a tendu la main et je la lui ai serrée pendant qu'il m'examinait sans se cacher.

– Et qui c'est, ça ?

– Avery, j'ai répondu avec le sourire.

C'était un type super beau dans le genre de Scott Eastwood, avec des yeux rieurs qui semblaient promettre du bon temps.

– Elle est avec moi, a précisé River en me tirant contre lui.

– Ca se voit, a dit Knox en souriant.

Il a indiqué le SUV d'un mouvement de tête.

– On est à environ quarante-cinq minutes de chez nous. Allons vous installer d'abord, on s'occupera de tout le reste après.

On est montés à l'arrière du SUV. Quand on a pris l'autoroute pour quitter la ville, le petit ronflement des pneus sur l'asphalte s'est combiné à ma fatigue pour me plonger droit dans le sommeil. La troisième fois que ma tête a dodeliné, River a défait ma ceinture et m'a fait glisser plus près de lui, puis il m'a rattachée avec la ceinture du milieu.

– Dors un peu, m'a-t-il dit tout bas.

Ma tête a trouvé la position parfaite sur son épaule. Grâce à sa chaleur et aux battements réguliers de son cœur, je me suis endormie avant même que la chanson à la radio soit finie.

J'ai vaguement senti les bras puissants de River me soulever, la sensation de l'air frais de la montagne contre ma peau tandis qu'il m'emportait hors de la voiture.

– Tout va bien, tu peux dormir. Je m'occupe de toi, il m'a dit en me faisant un bisou sur le front.

Le temps que je cligne des yeux pour me réveiller, on était dans une chambre d'hôtel. J'ai regardé autour de moi pendant qu'il me déposait sur le lit.

– Tu veux dormir ou manger ? m'a-t-il demandé en posant mon sac à dos par terre.

J'ai soupesé la question. Les trois heures de sommeil de la nuit dernière, ajoutées au long voyage et à l'altitude l'ont emporté.

– Dormir. Et toi ?

– Il est déjà dix heures. Dormir me va très bien, si tu te couches aussi.

Il s'est penché pour effleurer mon front d'un autre baiser.

– Je suis à côté avec Bishop, tu me fais signe si tu veux quoi que ce soit, d'accord ?

Quand il s'est relevé, une pointe de panique m'a saisie. On était au Colorado, où il allait déménager – même si j'avais sa compagnie maintenant, rien n'était garanti au-delà de ce week-end.

– Reste avec moi ! je lui ai demandé.

Il s'est contenté de murmurer mon nom avec un regard plein de douceur, en caressant ma joue.

– Ce ne serait pas la première fois qu'on dort ensemble, j'ai ajouté.

Il a eu un sourire narquois.

– Tu veux qu'on couche ensemble ?

– Ce n'est pas ce que je voulais dire.

Mais maintenant qu'il l'avait dit... Est-ce que ce serait une mauvaise idée ? River était incontestablement sexy. D'ailleurs, rien que d'imaginer la sensation de ses mains sur mon corps me donnait des palpitations. Sa bouche me donnait des pensées impures, et son regard me suggérait qu'il avait autant envie de moi que moi de lui. Sans même qu'on se soit déshabillés, je savais déjà qu'entre nous le sexe serait incroyable.

Explosif.

– River ? j'ai murmuré.

Il a plissé un peu les yeux en réfléchissant pour se décider.

– Tu sais à quel point j'ai envie de toi ?

– Je crois, oui.

– Je peux me contrôler, Avery. Je ne vais pas me jeter sur toi. Mais si je dors ici, il y a de grandes chances qu'on aille trop loin alors que tu n'es pas prête...

J'ai passé ma main dans sa chevelure noire, ces longues mèches qui lui balayaient la mâchoire.

– Je sais. Mais je n'ai que ces tout petits moments avec toi, je ne veux pas en rater un seul. Même si on est tous les deux endormis.

– Pareil pour moi, a-t-il dit en acquiesçant.

J'ai bâillé, un grand bâillement vraiment pas sexy du tout, et il a eu un petit rire. On a frappé à la porte. Il est allé l'ouvrir et a accepté des mains de Bishop un sac plastique.

– C'est tout ce qu'ils avaient à la réception, désolé. Nos bagages devraient arriver demain matin.

– Je voulais juste que tout soit…

– Parfait ? a fini pour lui Bishop à voix basse.

– Ouais, et c'est loin de l'être. Ça ne pourrait pas être pire.

– Ne tente pas le diable, a répondu Bishop avant de dire au revoir et de refermer la porte.

River s'est éclipsé un moment dans la salle de bains.

– Avery, il y a du dentifrice et tout dans la salle de bains si t'en as besoin, d'accord ? a-t-il dit en revenant.

Torse nu.

Oh ! putain. J'avais toujours apprécié son corps – le contraire aurait été impossible. Mais de voir tous ces muscles, toute cette peau nue, douce, tatouée, en sachant que je pouvais toucher… c'était différent.

– Brossage des dents. Allez, j'ai dit en me forçant à me relever.

Mes pieds me semblaient peser des tonnes, mais je me suis lavé les dents avec la brosse toute neuve et je me suis préparée pour la nuit.

Qu'est-ce que j'allais bien pouvoir porter pour la nuit ? Mon pantacourt et mon chemisier n'étaient pas vraiment l'idéal pour bien dormir. Le T-shirt de River était posé, plié sur le comptoir de la salle de bains, et j'ai caressé le coton du bout des doigts.

Parfait.

Quelques minutes plus tard, je suis ressortie de la salle de bains et j'ai trouvé River au lit, en train de lire. Il a marqué un temps d'arrêt, souffle coupé, quand je suis entrée dans son champ de vision. Un frisson m'a parcourue.

Il ne faisait vraiment pas semblant. Il ne prétendait pas s'intéresser à moi pour s'assurer que j'allais rester sa meilleure amie, il semblait avoir véritablement envie de moi.

J'ai replié les couvertures. Ses yeux suivaient le moindre de mes mouvements, son désir de plus en plus visible.

– Je t'ai emprunté ton T-shirt, j'espère que ça ne te dérange pas.

– Non. Ça ne me dérange pas du tout, bien au contraire.

Il a éteint la lumière dès que je me suis glissée dans le lit en tirant les couvertures bien haut, ma tête à peine posée sur l'oreiller.

– Je suis vraiment désolé que la journée ait été un tel désastre.

– Ce n'était pas le cas.

Je me suis rappelé ce qu'il avait dit à Bishop et j'ai glissé à reculons, dos tourné, jusqu'à me coller contre sa poitrine. Il a encerclé ma taille du bras, et quand il m'a attirée encore plus près, j'ai eu un soupir satisfait.

Il a caressé mon cou de haut en bas du bout de son nez, et j'ai penché la tête pour qu'il ait plus de peau à toucher.

– Si.

– Peut-être, j'ai dit en entrelaçant nos doigts. Mais ça valait le coup. C'est plutôt parfait, là.

– Oui, t'es parfaite.

Ses bras se sont contractés autour de mon corps et j'ai fondu. En présence de River, j'étais détendue comme jamais je ne l'avais été avec aucun autre. Ce moment aurait très bien pu être un câlin de la part de mon meilleur ami, rien de changé, et pourtant, non. Évidemment c'était toujours River, le même mec qui m'avait remplacé un pneu en première année de fac, celui qui avait cassé la gueule de Troy Williams en deuxième année quand Troy m'avait embrassée alors que j'avais dit non. C'était le même mec qui m'avait tant aidée avec Addy, avec mon père, avec ma vie, tout simplement.

Mon meilleur ami.

Mais ce désir de l'allonger sur le dos, de lui grimper dessus et d'explorer son corps tout entier jusqu'à ce que j'aie effacé de son cerveau toute notion des *party girls* qu'il avait ramenées chez lui toutes ces années… ce n'était pas vraiment un désir amical.

Est-ce que notre amitié et ce besoin intense de lui suffisaient pour que je déracine ma vie tout entière ?

– Avery ?

– Oui ?

– Arrête de réfléchir.

– Comment tu sais que…

– Je te connais. Arrête de penser que ce week-end doit répondre à des attentes précises et passe juste du temps avec moi, d'accord ? Essaye d'oublier tout le reste. Tu veux bien essayer ?

Si c'était réellement ma seule occasion d'être avec lui, il fallait que j'essaye. Il fallait que je me jette à l'eau pour voir ce qu'il y avait vraiment entre nous. Parce que même si son départ ne me tuait pas, ça me tuerait certainement de ne jamais connaître la réponse.

– Oui.

7

River

Ce n'était pas rien de me réveiller avec Avery dans les bras. Elle était toute douce, chaude, et son corps épousait le mien comme si elle était faite pour.

Je m'étais déjà levé une fois ce matin et j'avais dû démêler ses cheveux de ma barbe naissante avant de m'éclipser pour prendre une douche. Le temps que je termine en me brossant les dents, il était déjà huit heures et demie et elle dormait toujours.

J'aurais dû descendre voir si je pouvais nous trouver un petit déj – je mourais de faim – mais au lieu de ça, je l'avais rejointe au lit. Dès que je m'étais glissé sous les draps, elle s'était retournée pour se jeter sur moi comme un missile qui détecte la chaleur, s'était approprié mon torse comme oreiller et avait balancé une cuisse par-dessus la mienne, pile sur ma queue.

J'étais son meilleur ami, absolument.

Mais je n'étais pas un saint.

J'ai posé mon bras sur son dos, mes doigts glissant entre ses mèches blondes. Enroulée contre moi comme ça, elle était parfaite, et il était bien trop facile d'imaginer que c'était simplement notre vie quotidienne.

Mon autre main s'est posée sur son genou et j'ai légèrement caressé la peau douce de sa cuisse, en remontant. Je me suis limité à une distance de quinze centimètres, savourant cette douceur soyeuse du bout des doigts sans remonter plus haut ; j'étais conscient que mon T-shirt était roulé autour de sa taille et que rien d'autre que sa culotte ne séparerait ma main de son sexe si je poussais plus loin.

Quand elle était apparue portant mon T-shirt la veille au soir, j'avais connu un instant de possessivité primale. Je m'étais retenu de toutes mes forces pour ne pas glisser mes mains dessous.

Rien que d'y repenser me donnait une érection… ou alors c'était sa cuisse qui bougeait contre moi. Quoi qu'il en soit, mon corps, lui, n'avait aucun problème à me rappeler qu'elle était quasiment nue, et moi aussi.

– Mmmmm, a-t-elle gémi en se rapprochant encore plus.

Sa tête a bougé jusqu'à ce que sa bouche trouve la peau de mon cou, et mon pouls s'est accéléré sous sa simple caresse. Si elle avait vraiment compris à quel point j'avais envie d'elle – l'effort que ça me demandait de contrôler mes mains baladeuses – jamais elle n'aurait voulu que je dorme dans le même lit.

En général, Avery aimait avoir du temps pour tout bien considérer. Pour examiner toutes les conséquences possibles d'une action donnée, et ensuite seulement adopter la conduite qui lui semblait la plus sûre. J'avais une sacrée chance d'avoir réussi à l'enlever comme ça pour cinq jours… Sans parler de la chance d'être dans cette position et d'observer comme il serait facile de glisser mes doigts en elle pour la faire jouir avant le petit déjeuner.

Ça ne risque pas de résoudre ton problème d'érection…

Elle a bougé à nouveau et m'a donné des petits bisous dans le cou. Ma main s'est crispée sur sa cuisse musclée.

– Bonjour.

Sa voix était un peu rauque de sommeil, sexy en diable.

– Salut toi, j'ai dit, en attendant qu'elle remarque la situation dans laquelle on se trouvait.

Au lieu de s'éloigner, elle a glissé jusqu'à se retrouver allongée entièrement sur moi tout en continuant de m'embrasser dans le cou.

– Avery.

J'ai grogné son nom, mes deux mains empoignant ses fesses à peine couvertes.

Oh ! putain, c'était une culotte en dentelle…

– Hmmmm ?

La vibration de sa voix a électrifié tout mon système nerveux et fait tressauter ma queue. Elle s'est déhanchée doucement, des petits va-et-vient jusqu'à ce que je sente la chaleur de son entrecuisse contre moi.

Elle essayait de me tuer. C'était la seule explication logique qui me venait à l'esprit.

– Tu es réveillée ? j'ai demandé.

– Eh oui, a-t-elle dit en traînant ses lèvres le long de mon cou jusqu'à ma clavicule.

– Est-ce que…

L'air a sifflé entre mes dents et je me suis tendu quand elle a frotté ses dents contre ma peau. C'était trop bon.

– Est-ce que tu sais ce que tu fais ?

Elle a glissé le long de mon corps en descendant. La friction était si excitante que mon bassin s'est soulevé. Ses doigts ont tracé les contours de mes abdos.

– Tu veux dire… est-ce que je sais que je suis couchée sur toi ? Que je t'embrasse ?

– Oui, exactement.

J'ai posé une main sur sa tête gentiment tandis que j'empoignais les draps de l'autre.

– Est-ce que je me suis rendu compte que tu bandes pour moi ? a-t-elle murmuré en me regardant à travers ses cils épais, paupières mi-closes, de ses yeux aussi bleus que le ciel du Colorado.

– Oui, ça aussi.

Ma queue a tressauté une fois de plus.

– Oui, a-t-elle répondu.

Elle m'a embrassé le ventre en descendant. J'ai perdu le souffle et tous mes muscles se sont bandés. Elle incarnait tous les fantasmes de ma vie.

– Tu as un physique incroyable. Je suis sûre qu'on te l'a dit des milliers de fois…

Oh ! non, surtout pas.

Je l'ai retournée si rapidement qu'elle a hoqueté en se retrouvant pressée contre le matelas. J'ai pris ses deux poignets et étiré ses bras au-dessus de sa tête en m'installant entre ses cuisses.

– Avant toi, *personne* n'a compté. Est-ce que tu comprends ?

Elle a fait oui de la tête en se mordant la lèvre inférieure.

Je me suis penché pour l'attirer entre mes lèvres d'une petite succion.

– À propos de physique incroyable…

J'ai caressé ses formes des deux mains. J'ai adoré son sursaut quand j'ai posé ma bouche contre son cou, adoré sa façon de murmurer mon nom. Chaque minuscule mouvement ou bruit de sa part m'excitait encore plus.

Mon T-shirt était remonté un peu plus haut que sa taille, froissé ; j'avais son ventre nu sous les yeux. Je l'ai embrassé en descendant, appliquant ma langue et mes dents plus longtemps là où ça la faisait gémir. La peau de sa hanche était la plus sensible. En quelques minutes à peine, elle s'est mise à se tortiller dans tous les sens.

– River, a-t-elle gémi, m'encourageant avec ses doigts dans mes cheveux.

– J'ai tellement envie de te toucher, j'ai avoué, mon souffle humidifiant le bord de sa culotte.

– Fais-le, alors.

Ces mots n'ont fait qu'attiser plus que jamais la flamme de mon désir. J'avais envie de rugir – et une envie possessive de la marquer, de faire savoir au monde entier que cette femme m'avait jugé digne de la toucher.

J'ai caressé l'intérieur de sa cuisse avec une main, mon regard fixé sur le sien pour être sûr de saisir le moindre signe que j'outrepassais son désir. Mes doigts ont effleuré le contour de sa culotte et se sont insinués dessous, et…

Toc. Toc. Toc.

– Tu déconnes, j'ai marmonné.

Avery a rigolé quand j'ai élevé la voix pour aboyer :

– Quoi ?

– Monsieur Maldonado ? Je viens de la part de la compagnie aérienne.

J'ai abandonné le corps paradisiaque d'Avery pour m'élancer vers la porte et l'ouvrir violemment.

– Nos bagages ?

– Les voilà, a-t-il répondu, les yeux écarquillés sous le choc.

Je lui ai pris les valises des mains pour les déposer à l'intérieur. J'avais bien conscience que mon caleçon ne dissimulait en rien mon érection.

– Pouvez-vous signer ?

J'ai griffonné une signature sur son papier.

– Merci de les avoir rapportés, j'ai dit, et j'ai refermé la porte vite fait.

Dans le lit, Avery s'était redressée, la chevelure en désordre, magnifique, mon T-shirt descendu sur ses cuisses. J'étais impatient de le lui enlever. Elle m'a souri en me faisant un signe, repliant son doigt pour m'attirer à elle.

Oh ! oui.

Il y a eu un autre toc à la porte et je n'ai pas pu retenir un juron.

– Qu'est-ce qu'il y a encore ? j'ai demandé en ouvrant la porte.

Bishop se tenait là bras croisés, déjà habillé pour la journée. Il a abaissé le regard un instant puis soupiré.

– Tu t'amuseras plus tard, frérot. On a des trucs à faire aujourd'hui. On a rendez-vous avec Knox dans une demi-heure.

– Une demi-heure ?

Avery a poussé un cri et est partie s'enfermer dans la salle de bains avec sa valise.

– Tu pouvais pas me laisser une heure de plus ? j'ai demandé à mon frère.

– C'est ma revanche. Souviens-toi quand tu m'as mis des bâtons dans les roues avec Sarah Ganston.

– J'avais quatorze ans ! j'ai crié alors qu'il s'en allait.

– C'est pas contre toi, il m'a répondu – exactement ce que j'avais dit à l'époque quand on m'avait envoyé le chercher à l'heure de notre couvre-feu.

Je me suis habillé et j'ai attendu Avery. On avait peut-être un gros programme pour la journée, mais ce soir, je n'avais rien de prévu à part elle.

* * *

– C'est formidable, a murmuré Avery.

On découvrait la « Cabane » de l'équipe de Legacy, comme ils la surnommaient.

– Bash n'a pas regardé à la dépense, a dit Knox en indiquant d'un geste la pièce principale du complexe, qui était parée d'une immense baie vitrée donnant sur une très belle vue des montagnes. Il voulait s'assurer que l'équipe aurait tout le nécessaire.

– Et le personnel ? a demandé Bishop en contemplant l'enfilade de bureaux vitrés d'un côté et les longues tables à manger de l'autre.

C'était vraiment un immense complexe. Une cuisine double, des zones pour manger, une salle centrale, et assez de chambres au niveau inférieur de plain-pied pour héberger tous les membres d'une équipe de vingt-deux personnes.

– Je ne vous le cache pas, il nous manque encore du monde, a admis Knox. Mais Emerson et Bash sont sur le coup, et on a contacté tous les héritiers des membres de l'ancienne équipe. Pour l'instant, tous ont dit qu'ils allaient revenir… Mais on verra demain.

– Qu'est-ce qui se passe demain ? a demandé Avery en me prenant la main, entrelaçant nos doigts.

– La réunion du conseil, a répondu Knox. On doit leur présenter l'équipe. Si on atteint le bon nombre, on obtiendra le nom de Legacy.

– Et sinon ? j'ai demandé.

– T'as déjà vu Bash échouer ? a demandé Knox.

– Est-ce que l'un de nous a déjà échoué ? j'ai rétorqué.

– Précisément.

Je sentais presque Avery lever les yeux au ciel.

– OK, mais supposons que les cochons aient des ailes et que votre masculinité à toute épreuve ne suffise pas. Qu'est-ce qui se passe ?

Knox lui a souri.

– Tu me plais, toi.

– Tais-toi, j'ai dit.

Avery nous a regardés tour à tour.

– Est-ce que tous tes potes de la région sont aussi beaux gosses ? Parce que si c'est le cas, c'est peut-être une vraie bonne idée, le Colorado…

Je suis resté bouche bée une seconde. Taquine, elle me souriait.

– Peut-être que rester en Alaska et bosser ici serait une bonne idée, j'ai dit.

Knox s'est mis à rire.

– Si on n'a pas le nombre suffisant, on remontera quand même l'équipe. On n'aura pas le même écusson, c'est tout.

– Celui de ton père, a dit Avery.

– C'est ça.

– On sera là, quoi qu'il arrive, a répondu Bishop. Même si on n'a pas le nom de Legacy, cette équipe est la leur. C'est leur montagne.

– C'est bon à savoir, a dit Knox. Allez, on passe au plus sympa. Suivez-moi.

Il nous a menés dans un des bureaux, qui avait une carte de Legacy au mur.

– Ça va ? m'a demandé Avery à voix basse.

– Oui.

– Tu es tout crispé.

J'ai essayé de me détendre et je n'ai pas réussi.

– Si je suis prêt à quitter l'Alaska et à te perdre, c'est pour une seule raison, l'équipe de papa. C'est celle qu'ils ne nous ont pas permis de reformer il y a des années, et si on peut enfin le faire maintenant…

– Tu es obligé de saisir l'occasion, elle a terminé pour moi, avec un sourire compréhensif. Je te comprends. Ça ne fait qu'augmenter mon respect pour toi.

– Mais si ce n'est pas vraiment l'équipe de Legacy… alors, qu'est-ce que je fais ?

Elle m'a serré la main plus fort.

– Attends de voir comment ça se passe demain pour répondre à cette question. Pour l'instant…

Elle s'est arrêtée là, dirigeant son regard vers Bishop et Knox, qui se tenaient près de la carte.

– Quoi ? j'ai demandé.

– Est-ce qu'on peut faire comme si pendant quelques jours ?

– Faire comme si quoi ?

J'ai posé ma main libre sur sa joue, et relevé son visage pour qu'elle me regarde en face.

– Faire comme si c'était acquis ? Que je vais déménager avec toi ?

Un soupçon de panique lui est passé dans le regard.

– Est-ce que c'est juste comme si ? j'ai demandé dans un murmure.

– Je voudrais que ce soit vrai, mais on sait très bien toi et moi que c'est plus compliqué qu'on se le dit.

Je l'ai embrassée, laissant ma bouche lui faire la promesse que mon cœur avait trop peur de faire.

– Oui. On peut faire comme si. Peut-être que ça te donnera une meilleure idée de ce qui serait possible si tu t'ouvres à l'hypothèse qu'il existe une vie au-delà des limites que tu as acceptées.

Elle a dégluti, hésitante, avant d'acquiescer.

– OK. On y va ?

Elle a indiqué le bureau de la tête. En réponse, j'ai serré sa main d'une pression avant d'entrer avec elle dans la pièce.

– Ça va, vous deux ? a demandé Bishop en me regardant, les yeux plissés d'inquiétude.

– Tout va super, j'ai dit en amenant Avery près de la carte.

– OK. Alors voilà ce qui est chouette. Bash est riche comme Crésus maintenant. Il savait ce qu'il fallait pour faire emménager toute une équipe de Têtes brûlées ici, et quand il s'est rendu compte la semaine dernière que ce seraient les héritiers de l'équipe de nos pères, eh ben… il a appelé plusieurs agents immobiliers.

J'ai croisé le regard de Bishop. Il a haussé les épaules.

– Ce qui veut dire que vous pouvez, quand vous signez, soit accepter le bonus qui vous permettra d'acheter la maison que vous voulez, soit bénéficier directement du don de l'une des onze maisons qu'il a déjà achetées.

– Sans déconner ? j'ai demandé, ébahi.

– Sans déconner, a répondu Knox. Il voulait éviter tous les empêchements possibles. Bien sûr, il y a des logements ici, mais si vous venez avec votre famille – il a regardé Avery – il veut s'assurer que la transition se fasse sans obstacle. Je vous promets que ces dépenses, pour lui, c'est de la petite monnaie.

– La tech, j'ai répondu à Avery, qui se demandait clairement pourquoi. Il a vendu quelques applis et il a vraiment bien investi.

– Vendu vraiment cher, a ajouté Knox.

– Apparemment, a dit Avery, étonnée.

– Qu'est-ce que t'en penses ? Tu veux visiter des maisons avec moi ? Allez, Avery, fais comme si.

– Oui, j'ai envie.

Son sourire était plus radieux que le soleil.

* * *

Cinq heures plus tard, on avait mangé deux fois, je lui avais montré certains de mes lieux préférés en ville, et je l'avais même amenée au bureau du journal local.

Le vieux M. Buchanan était toujours à sa tête, mais il lui avait dit qu'il était à la recherche d'un nouveau journaliste-correcteur-graphiste.

– C'est comme ça, la vie dans une petite ville, j'ai expliqué en la raccompagnant à la Jeep que Knox nous avait prêtée, sortie du garage de l'équipe.

– J'adore, a-t-elle répondu en enlevant ses lunettes de soleil pour boucler sa ceinture. Et merci beaucoup de m'avoir montré le lycée. Addy voulait des photos.

– De rien, j'ai dit en tournant dans la rue principale. Comment va-t-elle ?

– Elle dit que tatie Dawn gère. Mais bon, elle me dirait exactement la même chose si la maison était en feu.

– Elle sait que tu as besoin d'une pause, j'ai dit. Où est la prochaine maison ?

Le vent faisait bruisser le papier qu'elle tenait fermement.

– 615 Pine Avenue.

J'ai entré l'adresse dans le GPS et on a tourné à gauche en direction de l'extérieur de la ville.

– Je ne sais pas si je sais où c'est…

– Est-ce que ça a beaucoup changé depuis ton départ ?

– C'est plus grand. La reconstruction était en grande partie terminée quand je suis parti, mais la ville a grossi. Je parie qu'on en est à quatre mille personnes.

– C'est très beau, a-t-elle dit en contemplant les montagnes qui nous entouraient dès la sortie de la ville.

– Qu'est-ce que tu as pensé des six maisons qu'on a déjà vues ?

– Elles sont bien. Pas vraiment le genre que j'imagine pour toi – pour nous, s'est-elle reprise. Un peu trop fashion, un peu trop près des voisins.

– Moi, pareil. Je veux être plus près de la Cabane, mais je sais que l'Alaska m'a gâté. J'aime être loin des autres.

– T'es devenu sauvage, a-t-elle plaisanté.

– Juste un tout petit peu.

On a continué la route qui s'enfonçait dans la montagne, jusqu'à au moins cinq kilomètres en dehors de la ville.

– Voilà Pine, j'ai dit en empruntant un chemin de terre.

– C'est plus ton genre, a-t-elle plaisanté en tendant la main pour me caresser la nuque.

On a fait encore deux kilomètres avant de voir apparaître une maison sur la gauche.

– Waouh ! s'est exclamée Avery.

Waouh, en effet.

On a remonté la longue allée jusqu'à la maison pour se garer. C'était une maison en rondins, similaire à la mienne en Alaska, mais plus grande.

– Il a dit que c'était une construction nouvelle, j'ai précisé en sortant de la Jeep. Le terrassement tout autour n'est pas terminé.

Elle a examiné l'espace devant la maison.

– Il faudrait que tu mettes des plates-bandes, là. Je pourrais planter des belles fleurs. Des grandes fleurs qui apporteraient de la couleur au niveau du porche.

Je lui ai pris la main pour entrelacer nos doigts en montant les marches.

– Des rocking-chairs, ici ?

Elle a fait non de la tête.

– Une banquette balançoire.

– Oui, une balancelle, j'ai dit en composant le code sur la boîte contenant la clé.

Elle s'est ouverte quand j'ai tourné la poignée. Sans réfléchir, j'ai soulevé Avery dans mes bras, pressant son corps contre ma poitrine.

– River ! On n'est pas mariés, a-t-elle dit en riant.

– On fait comme si, on a dit !

Elle a noué ses bras autour de mon cou et je l'ai emportée à l'intérieur.

– Waouh !

– Ça, tu l'as déjà dit, j'ai répondu pendant qu'on examinait les lieux.

– Je risque de le dire encore au moins douze fois.

L'entrée et la grande salle s'ouvraient sur le deuxième étage où une mezzanine s'étirait entre deux séries de pièces qui nous surplombaient. Il y avait plus de surfaces vitrées que de murs, et les fenêtres donnaient toutes sur la forêt et les montagnes.

– On se croirait seuls au monde ici, a dit Avery quand je l'ai reposée à terre.

On s'est avancés sur le parquet jusqu'au salon meublé, d'où on pouvait contempler le paysage.

– Tu veux visiter ?

Elle a fait oui de la tête et s'est élancée. Comme d'habitude, je lui ai emboîté le pas.

Il y avait une cuisine de gourmet avec tout l'électro-ménager, une salle à manger, un sous-sol entièrement aménagé de plain-pied qui s'ouvrait sur l'extérieur. La maison entière était décorée et meublée pour la vente, et même si le mobilier n'était pas tout à fait à mon goût, l'endroit, lui, l'était.

– Waouh, a redit Avery quand on est entrés dans la suite parentale.

Elle était séparée des trois autres chambres par la passerelle en mezzanine qu'on avait vue d'en bas. Dans la chambre, il y avait un lit contre le mur du fond, deux dressings, une immense salle de bains et une baie vitrée de la longueur de la pièce donnant sur les montagnes, comme au rez-de-chaussée. Une porte ouvrait sur un balcon privé. On est sortis tous les deux pour s'appuyer à la rambarde. À ce niveau-là, on était à trois étages du sol.

– Je n'ai jamais rien vu d'aussi beau, a dit Avery en se coinçant les cheveux derrière les oreilles.

– Moi non plus, j'ai répondu, incapable de la quitter des yeux.

C'était toujours mon Avery, mais ici, elle se sentait plus libre, moins accablée. Je ne pouvais pas m'empêcher de me demander comment elle pourrait s'épanouir si elle avait les coudées franches pour se définir elle-même, sans que d'autres lui disent qui elle était.

– Je peux l'imaginer, a-t-elle dit d'une voix douce en se tournant vers moi.

– Imaginer quoi ?

Je voulais désespérément savoir comment elle envisageait la vie – ce qu'elle voyait en regardant cette maison, cet endroit. Parce que moi, tout ce que je voyais, c'était elle.

– Je peux imaginer vivre ici. Je pourrais travailler au journal, Addy serait inscrite au lycée. Je vois le nouveau départ aussi clairement que je sens la peinture fraîche ici, et c'est…

– Terrifiant ? j'ai proposé.

– C'est beau. C'est une image si belle. Je peux t'imaginer ici, faisant à manger dans cette cuisine, et qui me réveilles le matin avec des baisers tout doux…

– C'est exactement ce que je voudrais.

– Cette maison, c'est tout toi. Tu devrais la prendre.

Ses mèches éclaircies par le soleil et la lumière de l'après-midi caressaient son profil. Elle regardait le jardin derrière la maison, qui se terminait par la forêt, des arbres et des montagnes que j'aimais presque autant que je l'aimais, elle.

– Cette maison pourrait être à nous, j'ai dit en lui prenant la main. J'ai envie que tu sois là, que tu dormes dans cette chambre. Que tu m'embrasses dans la cuisine, que tu t'allonges sur le canapé quand on binge un truc nul sur

Netflix. J'ai envie d'explorer ces montagnes avec toi, de discuter, de rire avec toi, de te faire l'amour.

J'ai porté sa main à ma bouche pour lui embrasser chaque doigt, et ses lèvres se sont entrouvertes.

– Je veux faire ma vie avec toi ici. Ce n'est pas seulement que je ne veuille pas abandonner ma meilleure amie, c'est aussi ce qu'il y a entre nous… Ce qu'on pourrait être ensemble, si seulement on se donne une chance.

Ma poitrine s'est serrée en attendant qu'elle réponde. Ses yeux alternaient entre moi et le paysage. J'avais pris tant de précautions avec elle pendant sept ans, j'avais fait très attention à mes sentiments, à ne pas les lui révéler. Tout lui dire maintenant était libérateur et en même temps terrifiant.

Tellement plus qu'un incendie. Au moins, dans un incendie, je savais comment combattre les flammes – la flamme qui brûlait en moi pour Avery, je l'aurais volontiers laissée me consumer.

– C'est un très beau rêve, a-t-elle murmuré.

– Ça peut devenir la réalité.

Laisse pas tomber, Avery.

Elle a soupiré.

– Et Addy ?

– Tu n'as absolument aucune obligation de vivre avec moi. Tu le sais bien. Mais il y a de la place, ici. Je n'aimerais rien tant que de me réveiller à ton côté tous les matins, et la chambre au bout de la passerelle à gauche a une vue superbe qui lui plairait, je pense.

Ses yeux se sont emplis de larmes.

– Tu ferais ça ? Tu accepterais de vivre avec ma petite sœur ?

– Adeline est quasiment ma petite sœur à moi aussi, tu le sais. Ça ne me pose aucun problème de t'aider à l'élever. Tu as déjà fait un super boulot, et j'aimerais beaucoup te faciliter la tâche. Et puis la chambre du fond est au troisième étage, donc c'est la plus difficile en termes d'accès pour les garçons.

Ça lui a arraché un rire malgré les deux rigoles de larmes glissant le long de ses joues.

– Je ne sais pas quoi dire.

J'ai essuyé ses larmes avec mes pouces.

– Dis oui. Dis-moi que tu vas faire le choix insensé de venir vivre avec moi. Dis-moi que tu vas faire le saut avec moi. Pour une fois, allez, faisons un truc irréfléchi.

– Comment tu peux être si certain que ça marcherait entre nous ?

La peur que je lisais dans ses yeux aurait pu me faire hésiter si je n'y avais pas aussi décelé une lueur d'espoir – c'est à ça que je me suis raccroché.

– Parce que tu es déjà la relation la plus longue de ma vie. Tu es depuis toujours la femme qui, pour moi, passe devant tout le monde. Jamais je ne te ferais du mal, ne te trahirais, ne te tromperais, si je savais que tu partages mes sentiments.

– Quels sentiments, exactement ? a-t-elle murmuré, ouvrant enfin la porte que j'avais eu tant de mal à garder fermée pendant si longtemps.

– Avery, tu n'as pas encore compris que je suis complètement, follement amoureux de toi, de tout mon cœur ?

Je n'ai pas attendu sa réponse et j'ai simplement posé ma bouche sur la sienne pour lui montrer que c'était la vérité, mot pour mot.

8

Avery

Sa langue a enflammé mes sens comme ses mots avaient embrasé mon esprit, entièrement, sans réserve.

Sa confession avait accompli ce que je croyais impossible et vaincu le reste de mes défenses. Ce n'était pas n'importe quelle amourette, c'était River. Mon River *à moi*.

Dieu, qu'il embrassait bien ! C'était une déclaration flagrante, une exploration charnelle de ma bouche qui m'a fait me cambrer contre son corps et prendre sa tête entre mes mains pour l'attirer encore plus près. Il a empoigné mes fesses, m'a soulevée aisément, et j'ai enroulé mes jambes autour de sa taille.

Il nous a amenés dans la chambre et sur l'immense lit à baldaquin, sans jamais interrompre ses pas ni notre baiser fougueux. Tous mes sens ont été submergés. Le contact du plaid en fourrure sous mon dos, le goût de River, son odeur, le poids de son corps entre mes cuisses se sont conjugués pour tourmenter mes terminaisons nerveuses. Le désir qui avait pulsé en moi ce matin au réveil est revenu dix fois plus intense, exigeant d'être satisfait.

Son baiser s'est fait plus profond, avec une passion maîtrisée. J'ai senti dans la tension de ses bras, dans les flexions de ses doigts, qu'il se retenait. Il avait envie de moi, mais ne dépasserait pas les limites que je fixerais. C'était une certitude grisante qui me calmait et m'enflammait en même temps, je savais ainsi qu'il allait me donner ce que je voudrais.

Et il m'aimait.

Ma poitrine débordait d'un sentiment de douceur qui s'est répandu en moi, dans tous mes membres… Puis River m'a caressée en remontant ses deux mains vers mes seins, et la douceur a fait place à l'excitation.

J'ai levé mes bras au-dessus de ma tête, une invitation muette à m'enlever mon top.

– Tu es sûre ? a-t-il vérifié.

– Je veux sentir tes mains sur mon corps, j'ai murmuré contre sa bouche en tirant légèrement sur sa lèvre inférieure avec mes dents. Ici. Maintenant.

Cette maison allait devenir sa maison. J'avais zéro doute là-dessus. Quoi qu'il arrive entre nous dans les mois à venir, je voulais vivre ça avec lui. Je voulais qu'il possède une part de moi ici, même si ce n'était qu'un souvenir.

River m'a facilement ôté mon haut bleu, retenant sa respiration.

– Incroyable, a-t-il dit dans un souffle en posant ses deux mains de part et d'autre de mes seins couverts de dentelle.

Sa bouche s'est jetée sur la mienne.

Ses pouces ont effleuré mes tétons à travers la dentelle et j'ai arqué le dos, poussant ma poitrine dans ses mains pour en demander plus. Profitant de ma cambrure pour glisser une main sous mon dos, il a habilement dégrafé mon soutien-gorge que j'ai laissé tomber au sol. Soudain, sa bouche était là, attirant un de mes tétons entre ses lèvres.

– River ! je me suis écriée quand il a sucé cette chair si sensible.

Mes cuisses frottaient fébrilement contre ses jambes. Jamais je n'avais été aussi excitée par si peu, aussi impatiente qu'un homme se déshabille… mais jamais encore je n'avais fait tout ça avec River.

– Enlève, j'ai demandé en tirant sur sa chemise.

Il s'est assis à genoux avec un sourire coquin.

– Vos désirs sont des ordres, a-t-il répondu en attrapant le col de sa chemise pour l'ôter d'un seul geste.

Dans mon cerveau, il n'existait pas de mot qui lui convenait – qui convenait à la puissance de ses muscles, à la couleur hâlée de sa peau, au désir qui brûlait dans ses yeux. Il était le sexe incarné, et à cet instant il était tout à moi.

Je me suis débarrassée de mes sandales pendant qu'il s'allongeait à nouveau sur moi en évitant soigneusement de m'écraser de son poids.

– Tu es magnifique, a-t-il dit en embrassant ma machoire.

J'avais des frissons partout et mon bassin se soulevait malgré moi.

– Tellement sexy, putain, et enfin toute à moi.

Ses paroles faisait écho à mes pensées et, tandis qu'il m'embrassait à nouveau, je n'ai plus songé à rien d'autre qu'à son corps sur le mien et à la magie de ses caresses. Si je perdais la tête après quelques baisers, comment j'allais réagir lorsqu'il…

– Oh mon Dieu ! je me suis écriée quand ses doigts se sont glissés dans mon short.

– Dis-moi de m'arrêter, a-t-il murmuré quand il a atteint ma culotte.

– Mais tu t'arrêterais, j'ai répondu, soulevant mon bassin à sa rencontre.

– Oui, c'est comme ça que ça marche.

Sa main s'est arrêtée juste au-dessus du point où je la voulais, là où mon sang s'était mis à pulser si fort.

– T'arrête pas, je lui ai dit en enfonçant ma main dans ses cheveux.

J'aimais leur texture soyeuse, j'aimais sentir glisser ses mèches entre mes doigts.

– Avery…

Mon nom a sonné comme une prière dans sa bouche ; ses doigts ont glissé le long de ma fente en effleurant mon clitoris. Je n'ai pas pu retenir un cri ni le mouvement de mon bassin, la crispation de mes doigts, la cambrure de mon dos. Il en a eu le souffle coupé.

– Bon Dieu, si tu savais combien de fois j'ai fantasmé ce moment.

Il a fait un cercle autour de mon clito avant de le rouler sous son doigt.

Avec un gémissement, je l'ai embrassé, pétrissant son épaule musclée.

– C'est comme tu l'imaginais ? j'ai demandé avec difficulté, perdant presque le fil de mes pensées sous l'effet de ses mouvements précis répétés.

Le plaisir m'a transpercée comme un arc électrique et tout mon bas-ventre s'est tendu encore plus. Sa main était presque trop serrée sous mes vêtements, mais il a réussi à glisser un doigt dans mon sexe et mon dos s'est soulevé du matelas.

– C'est incomparable… Tu es plus chaude, plus mouillée…

Il a retiré la main de mon short et – *oh mon Dieu* – s'est léché le doigt qu'il avait enfoui en moi.

– Encore plus délicieuse que je pensais.

– Encore…

Je ne pouvais rien dire d'autre, c'était mon seul désir. Ce n'était pas ma première fois – je n'étais pas vierge – mais jamais je n'avais ressenti un besoin aussi urgent, jamais je n'avais été aussi impatiente avec personne.

Il a couvert mon ventre de baisers en descendant, a déboutonné mon short, l'a fait glisser sous mes fesses et le long de mes jambes.

– Elle aussi, elle s'en va, a-t-il dit en me retirant ma culotte.

Il m'a regardée de la tête aux pieds sans rougir, sans aucune gêne, comme s'il avait besoin d'inscrire ce moment dans sa mémoire. Le désir dans son regard était si brûlant qu'il me donnait le sentiment d'être une déesse. Ses mains ont pressé mes seins doucement, juste ce qu'il fallait, avant de glisser le long de mes côtes, de mes hanches, jusqu'au pli de mes cuisses, puis elles se sont faufilées sous mes fesses.

Il ne m'a pas quittée des yeux lorsqu'il a posé sa bouche sur mon sexe. J'ai crié quand il m'a léchée, sucée, m'a fait l'amour avec ses doigts d'abord, puis sa langue. J'ai perdu tout contrôle de mon corps pendant qu'il me vénérait amoureusement. Mon bassin se soulevait à la rencontre de sa bouche et j'adorais la sensation de sa barbe naissante contre la peau fine de ma cuisse. Mes mains ont empoigné les draps, puis ses cheveux – tout ce que je pouvais agripper en me délectant éhontément de toutes les sensations qui m'envahissaient.

Il m'a léchée jusqu'à ce que mon corps soit tendu presque au point de rupture. Je n'en pouvais plus, le besoin de jouir devenait insoutenable. C'était si bon, si fort, un plaisir presque insupportable… Jusqu'à ce que j'explose en mille morceaux de lumière, son nom au bout de ma langue.

Ses lèvres sont remontées le long de mon corps, passant sur mon nombril, entre mes seins, et sont venues trouver les miennes pour un long baiser étonnamment tendre.

– Bon sang, j'adore ça, a-t-il gémi.

– Quoi ?

J'avais du mal à reprendre mon souffle, et même mon sourire était tremblant.

– Tout. Tes réactions, ton goût, ta manière de dire mon nom, surtout.

– River, j'ai murmuré en lui embrassant le cou.

Il a grogné.

– Ouais, comme ça.

– River, j'ai répété en explorant la musculature glorieuse de son dos.

Sa peau était comme du satin recouvrant de l'acier. Il a retenu son souffle quand j'ai tracé du bout des doigts le V de sa ceinture d'Adonis en direction du bord de son short.

– Enlève-le.

En quelques gestes rapides, il était nu, et maintenant je pouvais sentir son érection dense et chaude contre ma cuisse.

– Tu es sûre ? a-t-il demandé en plongeant son regard dans le mien, son pouce caressant ma lèvre inférieure.

– Oui. Je te veux tout à moi, j'ai répondu en embrassant son doigt.

– Je t'appartiens déjà.

Il m'a embrassée, et sa bouche a ranimé la flamme que mon orgasme avait momentanément éteinte.

J'ai entendu l'ouverture d'un emballage – soyons sérieux. Il m'a soulevée sans peine et nous a retournés, me déposant à califourchon sur ses cuisses, son dos contre la tête de lit. Il me faisait le don précieux du contrôle, et j'ai savouré le pouvoir de le rendre fou. J'ai caressé son membre de la main. J'aurais dû prendre le temps d'y goûter, avant…

Il a pris mon visage entre ses mains pendant que j'élevais mes hanches pour le guider en moi. Les yeux dans les yeux, nos deux cœurs battants, je suis lentement descendue en aspirant chaque centimètre exquis. Il a avalé mon cri en m'embrassant profondément. On ne faisait qu'un, au sens littéral du terme. Ma chair se détendait pour l'accueillir, et il est resté immobile pendant que je m'habituais à le sentir en moi.

Il était tellement dur, il m'emplissait tellement… Ses mains pétrissaient mes hanches. Je me suis mise en mouvement pour le chevaucher.

– C'est. Tellement. Parfait, j'ai dit entre deux glissements.

– C'est nous, il a corrigé, sa bouche contre mon cou. *Nous* sommes parfaits.

Et c'était vrai. Ce n'était pas simplement du sexe – c'était plutôt comme si on accomplissait l'union que nos corps exigeaient depuis toujours parce que nos âmes étaient déjà unies. Il se concentrait sur nos mouvements, son visage tendu, nos corps devenus glissants de sueur en se balançant l'un contre l'autre. Le plaisir me transperçait à chaque mouvement.

Sa main a quitté ma cuisse et son pouce a trouvé mon clito aux nerfs hypersensibles.

– T'as pas… j'ai dit, interrompue quand il a appuyé dessus puis a fait un cercle autour, encore une fois.

J'ai fait de mon mieux pour me ressaisir et terminer ma phrase.

– T'as pas besoin… Je crois pas que je peux…

– Si, tu peux, a-t-il dit, son souffle humide et chaud dans mon oreille.

Il a enroulé ma queue-de-cheval autour de sa main et a gentiment tiré ma tête en arrière. Sa bouche a conquis mon cou, chaque zone sensible soumise à des coups de langue et des succions incroyables.

– J'ai sept ans de fantasmes à assouvir, Avery. Sept années à imaginer comment tu crierais mon nom, à quel point tu me serrerais en toi quand je te prendrais. Sept ans à attendre de te sentir jouir autour de ma queue. Je suis plus que capable de te faire jouir une fois de plus.

J'ai grogné, sentant déjà la tension monter à nouveau dans mon corps. Il a changé l'angle de la pénétration pour pouvoir s'enfoncer plus loin. Nos corps ondulaient ensemble, le rythme était parfait. On aurait dit qu'on faisait l'amour depuis des années – incroyablement synchrones, sur la même longueur d'onde.

– Je t'aime, a-t-il dit dans un gémissement. Je ne me lasserai jamais de ça – jamais de toi.

Oui. Encore.

J'ai bougé plus vite, le monde n'était plus que ces sensations et River – son souffle, son corps, son odeur, son cœur… La jouissance montait en moi tellement fort… J'étais au bord de l'explosion.

– River, j'ai supplié.

– Oui… a-t-il dit dans un souffle en posant sa bouche sur la mienne.

Quelques frictions subtiles de ses doigts, et j'ai tout lâché ; mon cri a été englouti par son baiser.

Dès l'instant où je me suis alanguie contre lui, il nous a retournés, me déposant sur le dos.

Sans interrompre son baiser profond, il s'est enfoncé en moi, m'a baisée à un rythme qui m'a fait crier en déclenchant de nouvelles secousses orgasmiques.

Il a lui-même crié mon nom dans sa jouissance, tous ses muscles bandés. Embrumée par le plaisir, je ne voyais rien d'autre que sa beauté incroyable.

Après un baiser au goût de notre sueur, il s'est écroulé à côté de moi et m'a fait rouler sur le côté.

On s'est regardés, tous les deux pantelants.

– Je crois qu'on n'est pas mauvais à ce jeu-là, j'ai dit.

Il a souri, et mon cœur s'est serré, débordant d'une émotion que je ne pouvais pas – ne voulais pas – identifier.

– Ouais, mais je pense qu'avec de l'entraînement on peut faire encore mieux.

– Avec beaucoup d'entraînement, j'ai acquiescé.

– Autant d'entraînement que tu voudras, m'a-t-il promis avec un bisou sur le nez.

Puis il est redevenu sérieux.

– C'était… Je n'ai pas les mots. « Parfait » ne suffit pas.

Époustouflant. Renversant. Monumental.

– « Parfait » me convient très bien.

Il m'a embrassée encore, me prenant dans ses bras comme si j'étais incroyablement précieuse.

– River ? Ohé ? une voix de femme a appelé depuis le rez-de-chaussée.

On s'est précipités pour s'habiller.

– Une seconde, j'arrive ! a lancé River en enfilant ses vêtements.

J'ai trébuché en remettant une de mes sandales, et River m'a rattrapée de justesse avant que je ne m'étale par terre.

– Tout ce que je voulais, c'était…

– La perfection, j'ai dit en l'embrassant. C'était exactement ça. Viens, allons voir qui c'est.

On a descendu l'escalier main dans la main et découvert dans la cuisine une petite blonde pulpeuse en train d'examiner le frigo. Elle s'est retournée en nous entendant, ses grands yeux verts pleins de joie.

– Oh ! mon Dieu !

– Harper ? a demandé River.

Elle s'est jetée dans ses bras, et j'en ai conclu qu'il ne s'était pas trompé. Quand il l'a reposée, elle s'est tournée vers moi pour m'envelopper à mon tour dans une embrassade chaleureuse.

– Tu es sans doute Avery !

Elle m'a relâchée en souriant.

– Bishop m'a dit que vous étiez quasiment destinés au mur du restaurant. Je m'appelle Harper. Ryker est mon frère.

– Le mur du restaurant ? j'ai demandé en me glissant sous le bras de River. Ryker ?

River m'a fait un bisou sur la tête.

– Tu n'as pas encore rencontré Ryker. Il est sur un incendie avec Bash en ce moment. Ils ont le même âge que Bishop, et Harper et moi on était dans la même classe. Et il y a une petite tradition en ville, on grave nos noms sur le mur du restaurant quand on est prêts à déclarer son amour éternel.

Ça m'a fait fondre.

– C'est le truc le plus mignon que j'aie jamais entendu.

Harper a soupiré.

– Oui, c'est vraiment mignon. Jusqu'au moment où ça finit en divorce ou en tromperie, et où on retrouve une femme furieuse en train de poignarder le mur avec son couteau suisse.

River a opiné de la tête.

– Oui, ça arrive parfois. Ça me fait très plaisir de te voir, Harper, mais qu'est-ce que t'es venue faire jusqu'ici ?

– Eh bien, Knox m'a dit que le compteur électrique était débranché, et quand on ne t'a pas vu revenir, ils ont pensé qu'il valait mieux éviter que tu trébuches dans le noir s'il se faisait un peu tard.

– Comment tu savais que tu nous trouverais dans cette maison-là ?

– Je ne savais pas. Je suis allée voir quatre autres maisons. Quoi qu'il en soit, l'électricité marche maintenant, si vous deux voulez retourner à – elle a fait un geste vague – tout ce sexe extra qui vous occupait.

J'ai balbutié bêtement, les yeux écarquillés.

– On n'était pas en train…

Elle a signalé son indifférence d'un autre signe de la main.

– Ton chemisier est à l'envers. Peu importe. La cérémonie a lieu demain après-midi, puis la réunion du conseil demain soir, donc vous avez le temps de batifoler autant que vous voulez.

J'étais gênée à en mourir. C'était comme les cauchemars où on se retrouve tout nu à l'école… sauf que je portais un chemisier à l'envers et que ça, ce n'était pas un rêve.

– Merci d'être venue, alors. Est-ce qu'on peut se faire livrer à manger ici ? a demandé River.

Elle a incliné la tête en réfléchissant.

– Peut-être par Magnolia. Est-ce que je dis à Knox que tu prends cette maison, alors ?

– Knox, hein ? a dit River avec un sourire en coin.

Elle est devenue plus rouge que son T-shirt.

– Tais-toi.

Le torse de River était secoué par un franc éclat de rire.

– Rien n'a vraiment changé ici, ça fait plaisir. Est-ce qu'Emerson a déjà accepté de se remettre avec Bash ?

– Comment tu le sais ?

– Allez, sérieusement. Emmy et Bash, c'est une certitude. Presque autant que toi qui tournes autour de Knox en priant que ni lui ni ton frère ne s'en rendent compte.

Elle l'a regardé en plissant les yeux, mécontente.

– T'es insupportable. T'es à peine en ville depuis vingt-quatre heures.

Son regard s'est posé sur moi et elle m'a souri.

– On va être très amies, toi et moi. J'ai besoin d'une coéquipière contre celui-là.

J'ai acquiescé d'un hochement de tête.

– Ça peut s'arranger.

Sa franchise et sa manière directe me plaisaient. Elle ne tournait pas autour du pot. Et j'aimais beaucoup qu'elle ne flirte pas avec River. En même temps, j'avais bien vu que Knox était très sexy et, si River ne se trompait pas et que c'était lui qui intéressait Harper, je la comprenais tout à fait.

– Dis à Knox qu'on prend la maison, a confirmé River. Tu crois qu'on est assez nombreux pour la réunion de demain ?

Harper a cessé de sourire.

– On y arrivera, d'une manière ou d'une autre.

La détermination que je lisais sur son visage était similaire à celle que j'avais vu River arborer au fil des années, et à celle de Knox quand il nous avait fait visiter la Cabane. Cette génération avait des nerfs d'acier, et une ténacité qu'on pouvait sentir rien qu'en les regardant.

J'avais pitié pour quiconque voudrait les empêcher de reformer leur équipe.

9

River

J'ai tracé du doigt les lettres gravées sur sa pierre tombale, la douleur du deuil enveloppant mon cœur malgré les huit années écoulées depuis sa mort.

– Tu me manques tellement, je lui ai dit.

Puis j'ai relevé la tête pour regarder Avery, debout, des fleurs dans ses bras.

– Elle t'aurait adorée.

– Je suis un désastre, a-t-elle dit.

– Tu es *mon* désastre, j'ai corrigé.

Étant donné le nombre de fois où je l'avais passionnément possédée au cours des douze dernières heures, elle aurait difficilement pu nier qu'elle était toute à moi.

Avery a posé les fleurs sur la tombe de ma mère pendant que je me relevais, puis je lui ai tendu les bras et elle s'est blottie contre moi. Le cimetière était tranquille, paisible.

– Je suis désolée que tu les aies perdus tous les deux.

– C'est mieux qu'ils soient partis dans un temps si court. Perdre papa dans l'incendie, c'était brutal, mais quand le cancer a emporté ma mère deux ans plus tard…

J'ai secoué la tête.

– Pendant longtemps, je me suis demandé si j'étais maudit. Si j'étais condamné à toujours souffrir.

– Tu mérites d'être heureux, a dit Avery d'une voix douce.

– Tout a changé la première fois que je t'ai vue. Tu étais énervée, décoiffée, en train de te battre avec le démonte-pneu et ces boulons rouillés.

– Argh. J'étais coincée au bord de la route depuis une demi-heure !

J'ai gentiment repoussé ses cheveux – libres, pour une fois – de son visage.

– Tu étais tellement belle… Je suis tombé amoureux de toi dès cet instant.

Sous la surprise, sa bouche s'est entrouverte.

– Parce que je n'arrivais pas à changer un pneu ? a-t-elle murmuré.

– Parce que tu n'avais pas laissé tomber. Tu n'avais aucune chance de défaire ces boulons, mais tu n'abandonnais pas. Quand j'ai réalisé que tu élevais Addy, que tu t'occupais de ton père… rien au monde n'aurait pu m'empêcher de t'aimer.

– Pourquoi tu n'as rien dit ?

– Tu n'étais pas prête, et j'étais terrifié. J'avais perdu tous mes proches à part Bishop. Avec l'incendie et la mort de papa, quelque chose en moi s'est racorni, s'est mis à s'attendre au pire. Je ne pouvais pas le laisser paraître, évidemment. Toute la ville était en deuil, et on était seize à avoir perdu nos pères. Indigo s'est retrouvé orphelin de mère. On n'avait pas le droit de s'écrouler, malgré notre deuil collectif… On était trop exposés au regard des autres.

– River… a-t-elle murmuré en me serrant plus fort.

– Ensuite, la reconstruction a commencé, et maman est tombée malade. Elle est morte dans l'été de ma troisième. Le nouveau lycée a ouvert ses portes l'année de ma terminale.

– Et après, Bishop et toi, vous êtes venus en Alaska ?

J'ai posé mon menton sur le haut de son crâne, ravi de sa taille si parfaite par rapport à la mienne.

– Le reste, tu connais déjà.

– J'aimerais savoir comment ça finit.

J'avais la boule au ventre. Je savais bien que même si elle prenait plaisir à faire comme si, elle n'avait pas réellement pris de décision. Si je portais un amour intense à cette équipe, à ma famille, celui qu'Avery éprouvait pour sa famille l'était tout autant. Elle n'allait pas abandonner son père.

Dans cet endroit qui m'avait valu tant de pertes, je ne pouvais pas m'empêcher de me demander si le pire des crève-cœur n'était pas encore à venir.

– Moi aussi, chérie.

* * *

La cérémonie a été très sombre. Bishop et moi avons porté la gerbe à notre père pour la placer au pied du nouveau mémorial avec les dix-sept autres.

Dix ans plus tard, il me manquait toujours autant.

C'était une force de la nature. À mes yeux, c'était un colosse. Bishop lui ressemblait presque en tous points, à part que les années passées à s'occuper de moi l'avaient endurci, par certains côtés. Papa avait été optimiste ; Bishop voyait toujours des écueils partout. Papa avait aimé maman aussi intensément que j'aimais Avery, mais Bishop gardait ses distances avec tous ceux (et donc toutes celles) qui risquaient de partir un jour.

En regardant les autres enfants de Legacy, ceux qui avaient grandi comme nous sans leur père ou leur mère, j'ai pris conscience que les pertes de ce jour-là s'étendaient bien au-delà des pompiers dont les tombes s'alignaient au cimetière d'Aspen.

Toute la ville avait perdu quelque chose. Maisons, commerces et souvenirs avaient été réduits en cendres par le feu, mais j'avais toujours eu le sentiment qu'on avait perdu plus que ça. On s'est assis, et le carillon a sonné – un coup pour chaque mort, chaque sacrifice, chaque décision prise le jour où ils avaient gravi la montagne de Legacy, malgré la météo et les probabilités défavorables.

Avery m'a pris la main et, comme toujours, ça m'a stabilisé. Je me suis concentré sur la sensation de ses doigts entrelacés avec les miens et j'ai essayé de repousser les souvenirs pénibles.

Mais les pires ont résisté malgré tout – l'ordre reçu d'évacuer la ville, papa qui nous serrait dans ses bras, qui embrassait maman. Le ton de sa voix quand il avait demandé à Bishop de m'empêcher de faire des bêtises pendant son absence.

À chaque son de cloche, ma détermination s'accentuait. Le conseil redoutait peut-être la responsabilité légale que représentait une équipe de Têtes brûlées. Ils pouvaient refuser de nous accorder le nom de Legacy, et ils pouvaient prétendre que c'était pour protéger les émotions des habitants.

Mais l'équipe de Legacy était une famille, nom de Dieu, et on allait la remettre sur pied !

Tandis que la foule repartait après la cérémonie, nous, les seize héritiers, sommes restés en rang face au monument, depuis la plus jeune, Violet, qui n'avait jamais connu son père, jusqu'au plus vieux, Shane Winston, qui était à la fac, absent le jour fatal.

Ceux qui n'allaient pas se joindre à l'équipe – trop jeunes, ou bien n'ayant aucun intérêt pour le métier de pompier – sont partis, et finalement ne sont restés que des membres de l'équipe future.

– Vous êtes bien certains de votre choix ? a demandé Bash, accompagné d'Emerson.

Avec le temps, ce risque-tout aux cheveux bruns était devenu un type plus que tenace.

J'ai regardé autour de moi : on était tous en train de hocher la tête et d'acquiescer.

– Ils vont se battre bec et ongles pour résister, nous a-t-il prévenus. Ils n'en veulent pas. Ils sont terrifiés par ce qui pourrait arriver.

Il a fixé du regard tour à tour les membres les plus jeunes de notre assemblée, qui avaient à peine la vingtaine.

– On est avec toi, Bash, a répondu Bishop à côté de moi. Ils ne vont pas nous prendre ça.

– On est avec toi, nous avons tous confirmé.

Le doux sourire d'Avery m'a semblé un peu forcé quand je l'ai regardée, et j'ai prié avec ferveur qu'elle choisisse de rester… Parce que j'ai compris, à cet instant, que je n'allais pas pouvoir partir d'ici.

10

Avery

– Et lui, c'est qui ? j'ai demandé à Harper.

On regardait la foule qui emplissait la Cabane. L'équipe de Legacy avait atteint le nombre de membres nécessaire et le conseil avait approuvé l'équipe à contrecœur après l'arrivée de Spencer – seul survivant de l'équipe originelle – lorsqu'il avait accepté d'en devenir le commandant.

– C'est Ryker, m'a-t-elle répondu. C'est mon frère.

– Ah ! oui, j'ai dit, en faisant un effort pour associer nom et visage. Et celui qui est à côté de River, c'est Bash.

– Ouais. Sebastian Vargas, mais tout le monde l'appelle Bash depuis son enfance. Et Emerson est la brune à côté de lui. C'est ma meilleure amie.

– Trop de noms, j'ai marmonné.

Elle a rigolé en prenant une gorgée de bière.

– Tu vas y arriver. Ne t'inquiète pas. L'équipe, c'est comme une grande famille. On est très souvent ensemble, ça viendra tout seul.

Si j'habite ici.

Plus on passait de temps ici, et plus j'en avais envie – non, besoin. Tout me plaisait dans cette petite ville, les gens, l'équipe… et River. Tout ce qui me restait à faire, c'était convaincre papa de venir avec nous. Le convaincre qu'un changement lui ferait du bien à lui aussi. River avait la noblesse d'âme de lui proposer de vivre avec nous, mais peut-être que papa pourrait progresser au point de vivre tout seul… et peut-être que je pourrais enfin avoir ma propre vie.

C'était peut-être une possibilité. D'après les textos d'Addy, tout était sous contrôle à la maison…

Oui. Je pouvais déménager. Peut-être.

– Quoi de neuf, Avery ? m'a demandé Bishop en s'approchant.

– On peut discuter ?

J'avais besoin de consulter quelqu'un d'autre que River.

Il a froncé les sourcils, intrigué.

– Bien sûr.

Il m'a pris la main pour m'aider à me relever et on est sortis ensemble par la porte latérale de la Cabane. J'ai inspiré profondément une grande goulée d'air frais. J'appréciais le calme du dehors. Mes poumons me brûlaient un peu, mais je sentais que je m'habituais plus ou moins à l'altitude.

– Qu'est-ce que tu vas décider ? m'a-t-il demandé directement.

Il n'était pas du genre à tourner autour du pot.

– Je ne sais pas encore.

– Qu'est-ce que tu voudrais ? Pas ce que River veut, ni ton père… Qu'est-ce que tu désires, toi ?

J'ai repensé à ces deux derniers jours. La paix, la liberté, le bonheur total que j'avais ressentis à l'idée d'un nouveau départ avec River.

– Je veux venir ici.

– Eh ben tu l'as, ta réponse.

J'ai fait une grimace sarcastique.

– Ce que je veux et ce qui est possible ne coïncident pratiquement jamais.

– Avery. Si tu es prête à te déraciner, à quitter l'Alaska et à venir construire une nouvelle vie ici, tu as déjà franchi le plus gros obstacle. Enfin, bon, tu risques aussi ta peau avec la bouffe que cuisine River.

Ça m'a fait sourire un peu.

– C'est vrai, c'est un risque. Mais tu crois vraiment que je peux persuader mon père de venir ? Adeline est enthousiaste, mais c'est une décision qui nous concerne tous. Je ne peux pas les abandonner, pas plus que tu n'abandonnerais River.

Il a fait une grimace pensive.

– Oh ! tu sais, River est adulte. S'il ne voulait pas revenir ici, je l'aurais laissé en Alaska. Il fait ses propres choix. Évidemment, je suis content qu'il soit ici avec moi. S'il doit être pompier, je le veux dans mon équipe… Mais ne t'imagine pas un instant que je ne serais pas venu sans lui. Il a le droit de faire sa vie. Et toi aussi.

– Et si je viens et que ça ne marche pas entre moi et River ? j'ai demandé, exprimant ma peur la plus profonde. Et si je quitte tout ce que je connais pour m'installer ici et que ça finit mal ?

Bishop a posé ses mains sur mes épaules et s'est penché pour me regarder bien en face.

– C'est un risque inévitable. Rien n'est certain dans la vie, et encore moins en amour. Mais ce que je peux te dire, c'est qu'il t'aime depuis qu'il t'a rencontrée. Il est prêt à te donner n'importe quoi – il ferait tout pour toi, pour que ça marche entre vous. Ce genre d'amour, fondé sur une amitié aussi profonde et solide que la vôtre… ça n'arrive pas tous les jours. Ça vaut le coup de se battre. Je vais te dire exactement ce que je lui ai dit : vous valez le coup d'essayer.

– Merci, j'ai murmuré.

– Ne me remercie pas. Vous avez un gros boulot devant vous. J'aimerais juste pouvoir être là pour vous aider.

– Tu ne rentres pas avec nous ?

J'avais le ventre noué.

– Nan. J'ai fait mes cartons avant de partir. River va s'occuper de vendre mon pick-up et faire rapatrier mes affaires en même temps que les siennes. Bash a besoin de moi ici. On a une tonne de déménagements à gérer, et y a pas grand-chose qui m'attend en Alaska, de toute façon.

– Quand ils nous ont dit que vous pouviez attendre jusqu'au printemps, j'ai cru…

Je n'ai pas terminé ma phrase. Il savait aussi bien que moi ce que j'avais pensé. Quand Bash avait obtenu le feu vert pour reformer l'équipe pour le printemps, j'avais cru que ça nous donnerait un petit sursis.

Quelques mois de plus pour tout arranger. Du temps pour convaincre mon père. Pour tout coordonner.

– River prendra peut-être le temps, a dit Bishop. Comme je te disais, chacun prend ses propres décisions. S'il décide de rester en Alaska cet hiver, je le soutiendrai. Il n'est pas obligé de revenir ici avant le mois d'avril.

– J'ai juste besoin de temps…

– Je le sais bien. Et River le sait aussi. Mais le temps n'est pas vraiment un truc qu'on a en réserve en ce moment.

La porte derrière nous s'est ouverte ; River est sorti.

– Hé, oh, tu me piques déjà ma copine ? Qu'est-ce qui se passe ?

Bishop m'a serré les épaules une dernière fois.

– Nan, elle est toute à toi.

Il s'est dirigé vers la porte, se retournant au dernier moment.

– Oublie pas ce que je t'ai dit, Avery. Sa bouffe finira par te tuer, je ne déconne pas.

Après un sourire narquois en direction de River, il est retourné à l'intérieur, nous laissant seuls dehors.

– Salaud, a marmonné River.

– Est-ce que tu vas prendre le temps disponible ? j'ai immédiatement demandé. Tu vas rester en Alaska jusqu'au printemps, ou bien tu déménages tout de suite ?

Surpris, River a haussé les sourcils très haut.

– Eh ben, maintenant je sais de quoi vous étiez en train de parler.

– Réponds-moi, s'il te plaît. Parce que je panique un peu, là.

Il a franchi les deux pas qui nous séparaient pour me prendre dans ses bras et m'a serrée contre lui. J'ai posé la tête sur sa poitrine et laissé son odeur familière et les battements de son cœur m'envelopper.

– Tout dépend de ce qu'il te faut. Je ferai ce que tu veux, a-t-il dit, son menton posé au sommet de ma tête. Si tu veux déménager maintenant, on va chercher Addy, ton père, et on bouge. Si tu veux attendre le printemps, il faudra que je fasse quelques allers-retours ici, mais on peut le faire.

– Tu serais prêt à attendre que je m'organise ?

Ses bras m'ont enserrée plus fort encore.

– Si je sais que tu viens vivre ici, faire ta vie avec moi, je peux attendre une éternité.

Sachant que j'allais prononcer des mots qui allaient tout changer, j'ai pris ma respiration en tremblant. Puis j'ai levé la tête pour croiser son regard éclairé par la lune.

– Je veux venir ici. Je veux vivre ici avec toi. Enfin, pas ici à la Cabane, ici dans notre maison. Je veux qu'on se lance. Je vais le faire.

Je me suis sentie libre comme jamais après avoir prononcé ces mots. Les possibilités qui se présentaient à moi m'apparaissaient clairement, comme si j'y goûtais déjà… et une seconde plus tard c'était River que je goûtais – il m'a embrassée avec fougue.

Voilà ce que je désirais pour ma vie. Les baisers de River, ses bras qui m'enlaçaient, son amour. Je voulais tout.

Son baiser débordait de passion, possessif, et je me suis retrouvée dos au bâtiment, son corps me pressant fougueusement contre le mur. Je l'avais déjà embrassé des dizaines de fois dans la semaine, mais chaque baiser me semblait nouveau, tout en étant déjà si familier.

– Tiens, c'est à toi, a-t-il dit en effleurant mon oreille de sa bouche en même temps qu'il glissait un objet métallique et froid dans ma main.

– Une clé ? j'ai demandé en l'examinant.

River m'a fait un sourire éclatant.

– Je viens de signer les papiers pour la maison. C'est ta clé. Mais ce n'est pas pour insister lourdement – c'est juste une clé.

C'était bien plus qu'une simple clé.

– J'aime beaucoup, j'ai dit en fermant le poing autour si fort que les dents de la clé m'ont égratignée.

– Et moi, je t'aime.

J'ai senti mon cœur s'envoler. C'était une éruption de bonheur – comme si, en exprimant mes désirs, j'avais enfin rompu les chaînes dans lesquelles je m'étais emprisonnée jusque-là.

– River, j'ai murmuré, en reculant pour le regarder dans les yeux avant de le dire. Je…

Mon téléphone a sonné. C'était la sonnerie d'Addy. Elle n'était pas du genre à appeler et préférait les textos, donc ça devait être urgent.

– Mince, j'ai soupiré en sortant mon téléphone de ma poche. Une seconde.

J'ai décroché.

– Qu'est-ce qui se passe ?

– Avery ?

Elle était en larmes.

La nausée est montée en moi et toute mon attention s'est concentrée sur sa voix à l'autre bout du fil.

– Qu'est-ce qui ne va pas ?

– C'est papa. Il…

Un nouveau sanglot l'a interrompue, et je me suis forcée à respirer.

– Tatie Dawn n'a pas caché ses médicaments, et il les a trouvés.

– Mon Dieu, non.

Si River ne m'avait pas rattrapée et maintenue debout, je me serais écroulée.

– Addy, est-ce qu'il est…

– Il a fait une overdose. Ils l'ont mis sous assistance respiratoire, et ils ne savent pas…

Sa voix s'est perdue entre ses sanglots.

– Tu peux revenir ?

J'ai croisé le regard de River et j'ai compris qu'il avait tout entendu quand il a fait oui de la tête. C'était un séisme… La réalité qui m'avait paru si certaine quelques minutes auparavant s'est effondrée, remplacée par une tout autre, complètement différente.

– J'arrive.

11

River

J'ai bu une autre gorgée de café d'hôpital en luttant contre le sommeil. On avait passé seize heures en transit, conduisant jusqu'à Denver la veille au soir pour prendre le premier avion du matin. Avery n'aurait pas pu attendre le premier vol à partir de Gunnison.

On était venus directement à l'hôpital où son père était aux soins intensifs, et j'étais assis ici depuis au moins deux heures à espérer qu'elle allait bien, là-dedans, seule avec lui.

– Ils ont dit que s'il passe la nuit, il s'en remettra, a dit Adeline, blottie contre moi.

– C'est un dur, ton père, je lui ai répondu.

Il s'était conduit comme un con, mais ça n'avait pas d'importance – un enfant ne mérite pas de perdre son père comme ça.

– Je le déteste, a-t-elle murmuré. Pourquoi il ne peut pas être comme les autres papas ?

J'ai posé mon café pour la serrer dans mes bras.

– Je sais… et je vais te dire un truc. Ce n'est pas juste. Mais ce que je sais aussi, c'est que ta sœur et toi vous êtes des filles super fortes, super intelligentes, et je crois que c'est lié à tout ce que vous avez dû traverser. Ne le déteste pas, Addy. Il se bat contre un démon qui est incompréhensible pour nous.

Malgré ce discours, je le détestais, moi. Et je détestais comme Avery s'était renfermée complètement dès l'instant où elle avait appris son overdose. Elle était devenue distante. Disparus les regards amoureux, le contact chaleureux. Disparus les baisers et les discussions sur notre avenir. Elle avait regardé fixement à la fenêtre durant les vols consécutifs, entièrement laconique.

Il avait fallu des heures pour faire nos bagages, conduire, prendre plusieurs avions pour revenir ici, mais mon Avery avait disparu en un instant avec ce coup de fil. Et ce n'était pas le fait qu'elle ait pris ses distances sur le front amoureux qui me mettait en colère. C'était qu'elle m'avait repoussé aussi comme meilleur ami. Elle s'était fermée et retranchée derrière des murailles si hautes qu'il aurait fallu une échelle télescopique pour les franchir.

– Tu veux que je te ramène à la maison ? j'ai demandé à Addy.

– Non. J'ai peur, si je m'en vais…

Qu'il soit mort quand je reviendrai.

Elle n'avait pas besoin de le dire, c'était évident.

– Oui, je comprends.

Une heure de plus s'est écoulée avant qu'Avery ne ressorte.

J'ai esquissé un mouvement pour me redresser, mais elle m'a arrêtée d'un geste de la tête.

– Il est… Il est vivant, a-t-elle murmuré avant d'indiquer Addy de la main. Elle dort depuis longtemps ?

– Une demi-heure, à peu près, j'ai répondu à voix basse.

Elle s'est assise à côté de moi en acquiesçant. Elle avait des cernes marqués qui ressortaient dans la pâleur de son visage. Le pire, c'étaient ses yeux vides, qui ne laissaient rien entrevoir de ses émotions.

– Comment va-t-il ?

– Il est stable, a-t-elle répondu avec un haussement d'épaule. Tatie Dawn est dévastée. Je ne lui ai jamais vraiment raconté à quel point il s'était dégradé. Je pensais que je pouvais m'en sortir toute seule, alors pourquoi déballer notre linge sale, tu vois ?

J'ai entrelacé nos doigts et serré sa main gentiment.

– Et tu t'es très bien débrouillée. Mieux que quiconque. Ce qui s'est passé n'est pas ta faute. C'est sa faute à lui.

Elle a hoché la tête plusieurs fois, lentement, et s'est mise à se balancer d'avant en arrière.

– J'aurais dû être là.

Et voilà.

Chacun de ses mots m'a frappé directement au cœur.

– Ce n'est pas ta faute, j'ai répété. Tu dois t'en convaincre, sinon la culpabilité va te ronger.

Elle a continué à se balancer, mais sa tête faisait non, maintenant.

– J'aurais dû être là. Je sais qu'il faut cacher ses médicaments. Je sais de quoi il est capable.

– Avery, j'ai dit, suppliant.

Elle s'est levée, a lâché ma main et est retournée aux soins intensifs.

* * *

Deux jours plus tard, il était toujours vivant. Mais je n'étais pas certain qu'Avery le soit encore. Elle était émaciée, silencieuse, et quittait la chambre d'hôpital uniquement quand les infirmières l'y obligeaient. Elle dormait sur les canapés de la salle d'attente et ne rentrait chez elle que le temps de prendre une douche.

La veille, j'avais abandonné mes tentatives de la faire parler. Avery n'allait s'ouvrir que lorsqu'elle le voudrait et, entre-temps, essayer de l'y obliger était aussi difficile que forcer un coffre de banque avec un cure-dent.

Par conséquent, au lieu de rester assis là pendant des heures à attendre qu'elle comprenne que j'étais à son côté, j'ai entamé la liste de choses à faire que Bishop m'avait envoyée.

– Vendredi sera parfait, j'ai dit aux déménageurs. Je suis impressionné que vous puissiez le faire si rapidement. Merci beaucoup.

J'ai raccroché et barré « déménageurs » sur ma *to-do list* en descendant un verre d'eau d'un trait. J'avais aussi mis le pick-up de Bishop en vente sur Internet, et j'avais déjà un rendez-vous pour le montrer à un acheteur potentiel. Pas mal pour une matinée.

De son côté, Bishop faisait installer la parabole satellite sur notre maison au Colorado.

Notre *maison, vraiment ? Est-ce qu'elle va venir ?*

On a frappé à la porte et Zeus a sursauté. Il remuait la queue comme un chiot excité quand j'ai ouvert la porte et découvert Avery sur le perron. Elle s'était attaché les cheveux à la va-vite, mais ils étaient propres, et elle portait un jean et un T-shirt différents de la dernière fois que je l'avais vue, ce matin-là.

– Salut. Tu peux entrer sans frapper, tu sais.

Elle a haussé les épaules, occupée à caresser Zeus.

– Je ne voulais pas t'interrompre comme ça. Est-ce que tu as cinq minutes ?

Elle m'a enfin regardé, et son regard froid et détaché m'a mis la boule au ventre.

– Bien sûr, entre donc.

Elle m'a croisé en entrant, et sa manière de faire attention à ne pas même m'effleurer m'a immédiatement mis en alerte. Les sirènes d'alarme hurlaient à fond dans mon esprit.

– Papa s'est réveillé, a-t-elle dit en croisant ses bras sur sa poitrine.

Ce n'était pas un mouvement défensif, mais plutôt comme si elle avait besoin de se tenir pour ne pas s'écrouler.

– C'est super !

Il allait se remettre.

Mon soulagement n'a pas duré longtemps : lorsque j'ai tendu la main vers elle, elle a reculé.

– Avery ?

Elle a fait non de la tête, se mordant la lèvre un instant.

– Reste là où tu es. Quand tu me touches, je n'arrive plus à penser.

– OK, j'ai dit lentement, en enfonçant mes mains dans mes poches pour m'empêcher de la toucher.

Elle semblait si diminuée, sans défense… et ça me déchirait qu'elle refuse le contact.

– Il est réveillé et il parle depuis ce matin. Juste après ton départ, en fait.

– C'est bien. Qu'est-ce qui ne va pas ? C'est une bonne nouvelle – une super nouvelle, même. Il va se remettre. Peut-être même que ça va l'aider à changer.

Elle a ri, un rire amer, entièrement dénué d'humour ou de joie.

– Il ne va pas changer. Il ne va jamais changer. Et il n'ira pas au Colorado. Il refuse. Il dit que tout ça, c'est ma faute parce que je suis partie, et qu'il recommencera si je pars à nouveau.

– Avery…

Bon Dieu, j'avais envie de l'étrangler. Rien de tout ça n'était sa faute à elle, mais il l'avait conditionnée tellement jeune – la culpabilité, l'obligation – que ça faisait désormais partie de sa personnalité.

– Il n'a même pas fait exprès, c'est ça le pire. Il n'a pas pris tout le flacon ni rien, il a juste augmenté sa dose. Mais il était déjà à un dosage tel que ça a suffi à provoquer une overdose accidentelle.

– Ce n'était pas ta faute. Je te le dirai chaque minute de chaque heure de chaque jour jusqu'à ce que tu en prennes conscience. C'est un adulte. Il a pris cette décision.

– Mais si, c'est ma faute, s'est-elle écriée. Je suis partie. Je pensais que quelqu'un d'autre pourrait s'occuper de lui, et voilà ce qui s'est passé ! Rien de tout ça ne serait arrivé si j'avais été là – là où je suis censée être, à prendre soin de ma famille.

Elle a frotté ses yeux rouges, ses iris encore plus bleus que d'habitude.

– Qu'est-ce que je m'imaginais ?

Je me suis approché, malgré ses instructions, et je lui ai gentiment déplacé les poignets pour découvrir son visage.

– Que tu mérites d'être heureuse, toi aussi. Que tu mérites d'avoir une vie, un amoureux, des enfants, un avenir qui ne tourne pas uniquement autour de la prochaine crise qu'il décidera d'avoir.

– Ce n'est pas vrai.

Elle parlait à voix basse, les yeux implorants, mais je ne savais pas comment lui donner ce qu'elle voulait.

– Parfois, on tire à la courte paille. Tu as perdu ton père, toi, et ensuite ta mère. Es-tu en train de me dire que tu ne ressentirais pas la même chose s'il s'agissait d'eux ? Si tu avais la possibilité de les aider, est-ce que tu t'en irais ? Ou bien est-ce que tu ravalerais ton amertume parce que c'est ton fardeau, c'est tout, et que tu serais reconnaissant qu'ils soient vivants ?

Le peu d'espoir que j'avais entretenu au fond de moi est mort dans un grand cri, vaincu.

– Tu ne viens pas au Colorado avec moi.

Elle a fait non de la tête.

– Je ne peux pas.

J'ai inspiré profondément pour me ressaisir, et dégainé mon plan B.

– D'accord, alors on reste ici cet hiver, on le soigne, on le remet sur pied et on en reparle au printemps. D'ici là, peut-être qu'il aura les idées plus claires et qu'il choisira mieux.

– Non, a-t-elle murmuré. Il a dit qu'il mourrait dans cette maison plutôt que de la quitter. C'est là qu'on habitait du temps où ma mère était vivante, et c'est tout ce qui reste d'elle.

– D'habitude je refuse de déménager une maison tout entière, mais je peux passer quelques coups de fil, j'ai dit, tentant de plaisanter.

Je me raccrochais aux branches, mais elles me glissaient entre les doigts.

– Il se sent seul. Il dit que je ne suis jamais là, et c'est vrai. Entre mes deux boulots, et…

– Moi, j'ai dit pour elle, d'un ton plus tendu.

– Toi, a-t-elle confirmé à voix basse. Je ne suis pas assez présente pour lui, et il ne laissera personne prendre ma place.

– Qu'est-ce que tu es en train de dire ? j'ai demandé, la boule dans mon ventre prenant des proportions de trou noir.

Elle m'a regardé, toute la tristesse de la terre dans ses yeux, et j'ai compris. J'ai tout compris, putain.

– Tu ne vas pas venir du tout.

– Je ne peux pas. S'il lui arrivait quelque chose, je ne me le pardonnerais jamais.

Je cherchais fiévreusement un plan C, mes pensées tellement affolées que la tête m'en tournait.

– OK, alors je ferai les saisons. Je bosserai avec l'équipe de Legacy en été, et je reviendrai pour les hivers. Ça sera contraignant, mais on peut y arriver.

Elle a continué à secouer la tête.

– Non. Ça ne marcherait pas. On serait malheureux tous les deux, et tu finirais par m'en vouloir. On ne ferait que repousser l'inévitable.

– Ne fais pas ça.

Elle a libéré ses poignets pour prendre mon visage dans ses mains, pressant ses paumes contre ma barbe naissante.

– Tu es mon plus beau rêve. Ce qu'on aurait pu avoir… C'était une autre vie avec une autre, une fille qui pouvait fuir ses responsabilités. Mais je ne suis pas cette fille-là. Peut-être… si Adeline était adulte, mais aujourd'hui, il y a trop de choses qui me retiennent ici.

– Je peux appeler Bash. Me retirer de l'équipe. Ils ont un autre mec à contacter, et je ferai tout pour qu'il prenne ma place.

Elle a doucement caressé ma lèvre inférieure avec son pouce.

– Le fait que tu restes ici ne réglerait rien. Et tu sacrifierais une chance de faire partie de l'équipe de Legacy.

– Je m'en fous. Sans toi, rien n'a d'importance.

Ses mains sont retombées, et j'ai compris que je m'étais trompé. Je ne me raccrochais pas aux branches, je me raccrochais désespérément à elle, et elle me glissait entre les doigts comme l'eau d'un ruisseau, impossible à retenir, et encore plus impossible à effacer complètement, elle avait déjà imprégné mon être tout entier.

– Je ne peux pas être avec toi, River. Pas maintenant, ni jamais. Je ne peux pas partir, et tu ne peux pas rester. On a eu un rêve magnifique – les plus beaux jours de ma vie – mais il faut se réveiller, maintenant. Je ne suis plus une gamine. Je ne peux pas me permettre d'être égoiste. Dans la vie, les contes de fées ne sont pas garantis.

– Mon conte de fées, c'est toi, j'ai contré. Tu es la seule femme que j'aie jamais aimée. La seule femme que j'aimerai jamais. Et je ne vais pas laisser tomber si facilement.

– Je ne te laisse pas le choix ! a-t-elle crié, s'éloignant de moi à reculons.

L'absence de contact entre nous m'a fait l'effet d'une amputation. Tout en moi voulait qu'elle revienne.

– Bon Dieu, tu ne comprends pas ? Je suis toujours la fille avec son boulon tout rouillé et son pneu crevé. Je ne vais pas changer d'avis. Je ne vais pas l'abandonner. Ce n'est pas ce que font les gens bien !

Je me suis griffé les joues.

– Et je suis censé faire quoi, alors ? Te quitter parce que tu as une conduite honorable ? Parce que tu prends sur toi pour faire ce que personne d'autre n'a voulu faire ? Est-ce que tu crois que je vais m'en aller, être différent de l'homme que tu connais ?

Elle a secoué la tête, deux rigoles argentées de larmes sur les joues.

– Non. Je crois que tu vas faire ce que tu dois faire pour ta famille *à toi*. Aller au Colorado. Devenir celui que tu es destiné à devenir. Va vivre dans cette maison, River, et sois heureux. Sois heureux, c'est tout !

– Je ne peux pas être heureux sans toi ! Tu crois quoi ? C'est ça, que tu penses de moi ? Que je peux juste déménager et tout recommencer ? Oublier que tu existes ? Tu es dans toutes mes pensées, dans chaque respiration que je prends. Je ne vais pas te laisser toute seule ici avec ce fardeau. Élever Addy, prendre soin de ton père, te tuer au travail. Ce n'est pas dans ma nature.

– Ce n'est pas un choix qui te revient, a-t-elle dit, en essuyant furieusement ses larmes. Que tu sois toujours là ou non, c'est fini entre nous. Je refuse de rester là à te regarder m'en vouloir de plus en plus, à te voir embrasser cette photo chaque fois que tu rentres d'un feu.

Ça me tuerait encore plus que de savoir que tu es heureux ailleurs… avec une autre.

Une rage pure et incandescente m'étouffait, et j'ai eu besoin de déglutir plusieurs fois pour me dominer.

– Si tu crois que tu es si facile à remplacer, c'est que tu ne m'as jamais vraiment compris.

– On n'a eu que quelques jours, a murmuré Avery.

– On a eu sept ans, putain.

– Et c'est fini. C'est terminé.

– Avery…

– C'est quoi, ta solution, River ? Qu'est-ce qui se passe si tu restes ici et que Bishop est tué dans un incendie ? Jamais tu ne t'en remettrais. La culpabilité te détruirait. Et si je vais au Colorado, et que mon père meurt parce que je n'étais pas là pour m'occuper de lui ? Je suis sa fille. Son sang, sa chair. Je dois ça à ma mère. Je lui ai promis, et malgré…

Elle a inspiré fort, fermant les yeux, et mon cœur s'est arrêté de battre.

– … malgré les sentiments si forts que j'ai pour toi… ils se transformeraient en haine, parce que tu m'as mise dans la position où je dois choisir d'abandonner ma famille pour être avec toi.

De la haine.

Le mot m'a fait l'effet d'un poignard dans le cœur. Je me vidais de mon sang sur le parquet aussi sûrement que si elle m'avait infligé une blessure physique.

– Tu mets vraiment fin à tout.

– Je n'ai pas le choix.

J'ai secoué la tête.

– Non. Tu as tous les choix possibles, tu refuses juste de les faire. Je ne dis pas que ce sont des choix faciles, mais ils existent, au moins tu les as. En revanche, moi, tout ce que je peux faire, c'est rester là devant toi pendant que tu me détruis, juste parce que tu n'es pas prête à tenter quoi que ce soit !

– Il n'y a rien à tenter ! C'est une certitude !

– Tu n'as aucune idée de ce qui pourrait se passer cet hiver. Aucune. Tu le laisses te manipuler, comme d'habitude. En tant que meilleur ami, je n'ai rien fait, je t'ai regardée te négliger, donner la priorité à tout sauf à toi-même encore et encore. Mais en tant qu'homme qui t'aime, ouvertement, fièrement, je ne peux pas supporter de te regarder te foutre en l'air comme ça.

– Ce que je veux, c'est que tu ne regardes pas. Ce que je te demande, c'est de partir.

– Mais merde, c'est grave de penser que tu peux prendre cette décision à ma place !

– Tu es comme un gamin dans une voiture qui fonce tout droit vers une falaise : tu sais très bien ce qui s'annonce, et tu refuses de tourner le volant ou de freiner.

– Et toi, tu as trop peur de la falaise pour trouver une autre route, j'ai rétorqué.

– Est-ce que tu comprends ce qui se passe quand on saute d'une putain de falaise ? On tombe. On en meurt. On s'écrase au sol.

– Ou bien on s'envole. Bon sang, Avery, pourquoi tu résistes tellement à l'amour ? Tu ne peux pas me laisser t'aimer, tout simplement ?

Elle a réagi comme si je l'avais giflée, ses yeux écarquillés, pleins de larmes. On est restés face à face dans le silence. Je n'entendais que les battements de mon cœur, le sang qui pulsait à mes oreilles.

– Je n'ai jamais voulu que ça se termine comme ça, a-t-elle dit dans un murmure.

– Ouais. Et moi, je n'ai jamais voulu que ça se termine.

– Je suis vraiment désolée.

– On est deux.

Elle a hoché la tête et s'est dirigée vers la porte. Elle s'est retournée juste avant de la franchir.

– Au revoir, River.

Tous mes instincts me criaient de la retenir et de l'embrasser pour qu'elle se ressaisisse, qu'elle se rende compte de tout ce qui s'offrait à nous. J'ai résisté de toutes mes forces. Je savais bien que même si les circonstances de nos vies étaient loin d'être parfaites, on était parfaits l'un pour l'autre… Mais je ne voulais plus l'obliger à voir notre potentiel. Cette décision lui appartenait.

Malgré ma résolution, tous mes muscles se sont crispés quand je lui ai dit ce qu'elle voulait entendre.

– Au revoir, Avery.

Le bruit de la porte se refermant a résonné dans tout mon être.

Et c'est seulement après que j'ai dit ce que j'avais besoin de dire :

– Je t'aime.

L'avenir que j'avais projeté, dont j'avais rêvé, que j'avais tant désiré se désintégrait sous mes yeux. J'ai senti mon cœur se briser en mille morceaux, comme le verre que j'ai jeté contre le mur. L'eau s'est écoulée le long de la paroi et a imprégné la peinture.

12

Avery

– C’est moi qui suis à l’hosto, mais c’est toi qui as une tête de mourante, m’a dit papa quand je suis entrée dans sa chambre.

– Fiche-lui la paix, Jim, a dit tatie Dawn, assise sur une chaise placée près de son lit. Tu vas bien, ma chérie ?

– Tout va bien, j’ai répondu, comme je répondais chaque fois depuis trois jours.

Depuis que j’avais quitté River.

C’est ce que je disais à tout le monde au boulot quand on me demandait pourquoi j’avais les yeux tout rouges. Ce que je disais à Addy quand elle me surprenait à regarder dans le vide en pensant à lui. Ce que je me disais à moi-même quand je sentais ma carapace se dissoudre, quand mes sentiments *pas bien du tout* faisaient surface.

– Bien ou pas, t'as une tête de mourante, a répété papa en se redressant dans son lit avec une grimace. Si seulement ils n'avaient pas diminué ma dose.

– Il fallait que tu sois en état de quitter l'hôpital, j'ai répondu. Et puis avec de la kiné, tu vas peut-être pouvoir te sevrer.

– Je ne vais pas faire de kiné, a-t-il marmonné.

– Oui, après tout, pourquoi faire un truc qui pourrait te faire du bien ? j'ai dit sèchement. Pourquoi pas continuer à augmenter la dose de médocs et te retrouver à l'hôpital une deuxième fois ?

– Me parle pas sur ce ton ! a-t-il dit, furieux. Ta mère aurait honte de toi !

J'ai fermé la bouche, rougissant immédiatement. Maman avait su le prendre avec bien plus de grâce que moi… Et elle en était morte.

– Jim, est intervenue tatie Dawn. Tu n'es pas à l'hôpital à cause d'Avery. Tu es le seul reponsable.

Avant que papa ne puisse répliquer, le docteur est arrivé pour lui dire qu'il pouvait partir. J'ai regardé par la fenêtre en direction de chez River en me demandant ce qu'il faisait, s'il était encore furieux contre moi.

Est-ce que j'ai commis une erreur ?

J'ai interrompu ces pensées avant qu'elles me démolissent. Je n'avais pas eu le choix. Il fallait que je lui rende sa liberté avant qu'on se détruise l'un l'autre.

Trop tard.

J'ai bien écouté les instructions que donnait le docteur à ma tante. Les antidouleurs auxquels papa avait droit, le kiné qu'il fallait qu'il consulte. C'est à moi que le docteur aurait dû donner ces instructions. Après tout, j'étais la personne responsable de mon père. Mais ce docteur ne pouvait pas le savoir. En apparence, il était logique de croire que c'était cette femme d'une cinquantaine d'années qui s'occupait de cet homme de la même génération.

Et non sa fille de vingt-cinq ans.

Une heure plus tard environ, papa était à nouveau installé dans le canapé du salon.

– Passe-moi la télécommande, a-t-il demandé quand tatie Dawn est sortie chercher son sac dans la voiture.

Je la lui ai passée sans un mot, trop fatiguée pour engager une dispute sur ses mauvaises manières.

– Donne-moi un des cachets blancs.

– Non, il est encore trop tôt, j'ai dit en prenant les médicaments.

– Ce n'est pas toi l'adulte, ici ! a crié papa.

– Bien sûr que si ! j'ai répliqué. C'est toi qui m'as mise dans cette position ! Si tu veux être l'adulte de nous deux, alors conduis-toi comme tel.

J'ai rangé les médocs dans la petite huche à pain au-dessus du frigo, puis j'ai agrippé le comptoir des deux mains en essayant de reprendre mon souffle. J'étouffais complètement tout d'un coup, comme si les murs de ma vie se resserraient – comme si j'étais coincée dans le compacteur à ordures de *Star Wars*.

Sauf que j'avais laissé partir mon Han Solo.

Hors d'haleine, j'ai trébuché jusqu'à la porte d'entrée en attrapant mes clés de voiture au passage. Il fallait que je le voie. Même juste une seconde. Même s'il me virait comme une malpropre. J'avais besoin de lui.

– Avery ?

J'ai croisé tatie Dawn sur le perron.

– Est-ce que ça va ?

– Tout va bien, j'ai dit automatiquement, inspirant profondément le bon air frais du dehors. J'ai juste une course à faire. Tu pourrais rester avec lui ?

– Bien sûr.

– Merci.

J'ai pratiquement couru jusqu'à ma voiture.

– Chérie, a-t-elle ajouté avant que je monte en voiture. Tout ne repose pas sur toi… Prendre soin de lui comme ça. Tu t'es si bien occupée de lui que je ne savais pas que la situation s'était dégradée à ce point. Mais je suis là, maintenant. Je ne vais pas t'abandonner et te laisser encore gérer ça toute seule, d'accord ? Tu comprends ?

– C'est mon père, j'ai dit en haussant les épaules.

– Et c'est mon petit frère. Il était sous ma responsabilité bien avant d'être sous la tienne. Ne laisse pas les actions de ton père t'empêcher de vivre ta vie. Tu comprends ce que je dis ? Je ne l'accepterai pas, et ta mère ne l'aurait pas accepté non plus.

J'ai hoché la tête, incapable de trouver quoi répondre avant de me glisser au volant. Elle m'a saluée de la main avant de disparaître à l'intérieur, et j'ai fait marche arrière pour quitter la maison, mourant d'impatience de rejoindre River.

Peut-être qu'il avait raison. Peut-être que si j'avais tatie Dawn pour faire pression sur papa, il pourrait faire des progrès – au moins suffisamment pour déménager au Colorado. Peut-être que cet hiver lui suffirait.

Peut-être qu'il y avait quelque chose au bord de la falaise.

J'ai pris les petites routes à toute vitesse pour aller chez River. Je n'étais jamais restée si longtemps sans lui parler, sauf quand il combattait un incendie, et jamais on ne s'était disputés aussi fort, mais je savais que c'était réparable.

C'était River. J'étais Avery. Ce n'était pas plus compliqué que ça.

Je me suis garée devant chez lui et j'ai éteint le moteur. La portière se refermait à peine que je courais déjà jusqu'à la porte. Je n'entendais pas Zeus aboyer ; peut-être qu'ils étaient sortis courir ensemble.

Fébrilement, j'ai pris mon trousseau dans mon sac et ai cherché la petite clé couleur bronze qu'il m'avait donnée des années plus tôt. Puis j'ai ouvert.

– River ? Je suis entrée avec ma…

Mes poumons se sont vidés d'un coup quand j'ai découvert l'intérieur de la maison : tout propre, tout vide.

– … clé.

Il n'y avait plus rien. Les meubles, la vaisselle, les gamelles de Zeus, tout avait disparu. La maison que j'aimais tant était devenue une coquille vide.

Sans savoir comment, j'ai réussi à bouger, à atteindre le comptoir de la cuisine où il y avait une pile de papiers. C'était un agrément de mise en vente et un mot destiné à Mindy Ruiz, une agente immobilière locale.

Salut Mindy,

Voilà l'agrément de mise en vente. Je m'excuse d'être parti si soudainement. C'était simplement logique de faire déménager mes affaires en même temps que celles de Bishop. Sous mon agrément, tu trouveras aussi le sien. Je t'enverrai mon nouveau numéro au Colorado, au cas où il te manquerait quoi que ce soit. Toutes les clés sont là, sauf une. C'est Avery Claire qui l'a. Ne la lui demande pas. Je paierai pour faire changer les serrures quand tu auras trouvé un acheteur.

Merci,

River Maldonado

Il était parti. Vraiment complètement parti.

Parce que je lui ai dit de partir.

Mon dos a heurté la porte d'un placard de cuisine et je me suis effondrée par terre. Serrant mes genoux contre ma poitrine, j'ai enfin succombé à mes émotions, ouvrant la boîte où je les avais soigneusement enfermées.

Je l'aimais.

J'avais toujours cru que si je n'admettais pas cette vérité, elle ne pourrait pas me faire de mal… Et pourtant, j'étais en miettes. Que je le lui aie dit ou non, que je l'aie admis moi-même ou non, ça ne changeait rien. Cet amour était là, il existait, et j'étais à l'agonie.

Je l'avais eu tout à moi. Je l'avais touché, aimé. J'avais tenu son cœur entre mes mains, et je le lui avais renvoyé à la figure.

Mes sanglots ont résonné dans la maison vide jusqu'à ce que j'aie épuisé toutes les larmes de mon corps. Quand je suis repartie, il faisait nuit… et j'étais brisée.

* * *

– Je veux aller vivre au Colorado, a dit Adeline, qui m'aidait à remplir le lave-vaisselle.

– Il y a des super universités là-bas. Pourquoi on ne ferait pas des recherches ? Il te reste à peine cinq ans avant la fac.

J'ai glissé un verre dans le panier du haut.

– Mais c'est *maintenant* que je veux y aller.

Mon estomac s'est noué.

– Ouais, mais on ne peut pas. Tu as bien vu ce qui s'est passé la dernière fois que je suis partie.

Ça faisait trois semaines depuis l'overdose. Deux semaines depuis que River avait déménagé. Une semaine depuis qu'il avait posté une photo de sa nouvelle maison sur Instagram, avec une légende disant qu'il était revenu s'installer pour de bon à Legacy.

– Elle arrive, ma bière ? a demandé papa, au salon.

– C'est lui qui a pris la décision, a murmuré Addy.

J'ai pris un verre propre dans le placard, je l'ai rempli d'eau et de glaçons, et j'ai quitté la cuisine sans lui répondre. Comment aurait-elle pu comprendre ? Elle n'avait que treize ans. Maman était morte quand j'avais deux ans de plus que ça, et même à cet âge-là, je n'avais pas vraiment compris.

– Et voilà, j'ai dit à papa en posant le verre à sa portée sur la table basse.

– C'est quoi, cette merde ? a-t-il craché.

– C'est de l'eau. Le docteur a dit pas d'alcool, tu te souviens ?

J'ai compté jusqu'à dix dans ma tête en me rappelant qu'il était accro.

– J'en ai rien à foutre de ce que dit le docteur. File-moi une bière avant que ta tante rentre des courses.

– Non, j'ai dit en secouant la tête.

– Petite ! a-t-il crié, et j'ai entendu Adeline s'arrêter de bouger dans la cuisine.

L'eau coulait toujours, mais il n'y avait plus aucun bruit d'assiettes.

– Je n'ai pas renoncé à tout ce qui était bien dans ma vie pour te permettre de rester sur ton canapé et de te tuer à coup de bière, j'ai dit calmement.

– Apporte-moi cette putain de bière ! Renoncé à tout ce qui est bien ? Tu ne sais pas de quoi tu parles. Parce que t'as rompu avec un gars après quoi, dix secondes ? J'ai perdu ta mère, moi !

– Moi aussi ! j'ai hurlé. Tu n'es pas le seul qui l'ait perdue !

Un truc m'a frôlé la tête en vol et s'est écrasé contre le mur. J'ai pivoté pour regarder ; l'eau coulait le long du mur pour finir par terre dans une flaque de glaçons et d'éclats de verre.

– Ramasse-moi tout ça ! a crié papa.

– Fais-le toi-même, j'ai dit d'un ton sec avant de m'en aller.

Je suis sortie dehors en courant, haletante, avide d'air frais, et j'ai calmé ma respiration une fois assise sur les marches, la tête dans les mains. Il venait de me lancer un verre à la figure, bordel. Et ensuite ? Est-ce qu'il allait me frapper ? Frapper Adeline ?

Le docteur nous avait prévenus que ça allait empirer avant de s'améliorer. Que le sevrer des médocs antidouleur n'allait pas être joyeux. Mais là, c'était horrible. Peut-être que je devrais envoyer Addy vivre chez une copine pour le mois à venir.

J'ai entendu la porte s'ouvrir et se refermer derrière moi, et Adeline m'a rejointe sur les marches.

– Je veux déménager *maintenant*.

– Je sais, j'ai dit en passant mon bras sur ses épaules. Mais on ne peut pas juste l'abandonner.

– On ne l'abandonnerait pas. Tatie Dawn est là. Elle a déjà proposé de s'occuper de lui. Et de plus, faut bien admettre que c'est la seule qui lui fasse un tout petit peu peur.

– C'est vrai. Mais c'est notre père.

– Il ne va jamais nous pardonner la mort de maman, a-t-elle dit dans un murmure.

Je voulais lui dire que ce n'était pas vrai, mais j'avais promis de ne jamais lui mentir, alors je n'ai rien répondu.

– Avery ?

– Oui ?

– J'ai fait quelque chose.

L'angoisse m'a saisie.

– Tu as fait quoi ?

– J'ai des économies, tu sais.

– Je sais, oui.

Elle détestait que je la force à mettre de côté la moitié de chaque chèque d'anniversaire qu'envoyaient nos proches.

– Hier, je les ai dépensées.

Avant que je puisse m'énerver contre elle, lui rappeler qu'elle allait en avoir besoin quand elle irait à la fac, elle avait sorti un papier de sa poche et me le tendait.

Je l'ai pris, tout en faisant de mon mieux pour empêcher mes mains de trembler, et je l'ai déplié. J'étais ébahie.

– Tu veux que je sois ta tutrice légale ?

Elle a acquiescé.

– Il ne reste rien pour nous ici, Avery. Tu es déjà mon parent, bien plus que lui. Avec ça, ça devient possible…

– D'aller vivre toutes les deux au Colorado sans lui ? j'ai murmuré.

– D'être libres.

Je l'ai serrée contre moi et, pour la première fois de ma vie, j'ai envisagé d'abandonner papa.

* * *

– Tu es sûre que tu peux l'amener à son rendez-vous ? j'ai demandé à tatie Dawn.

– Oui, Avery. Va travailler. Et tu n'as pas besoin de rentrer tôt, tu pourrais sortir. Aller au cinéma ?

River était parti depuis un mois, et je n'étais pas sortie de la maison à part pour aller travailler, faire les courses ou aller chercher Adeline à l'école. Depuis son départ, j'étais comme la maison de River, une coquille vide. Son absence avait creusé en moi un trou béant.

Je surveillais son Instagram comme une folle et je savourais ses photos de Legacy, des paysages qu'il voyait en faisant son jogging, de sa terrasse. *C'est là qu'il m'a dit qu'il m'aimait.* Ces images étaient douloureuses, certes, mais c'était sans comparaison avec la douleur que j'avais ressentie quand sa maison avait été achetée.

Dans la cuisine à la recherche d'un snack avant de partir au travail, j'ai remarqué un dépliant sur le comptoir.

– Laverna Lodge… Qu'est-ce que c'est ?

– C'est un centre de soins qui propose des cures de désintoxication, a répondu tatie Dawn sur un ton prudent. J'avais prévu de t'en parler plus tard. Avec ce qu'on fait, il ne s'améliore pas, et je pense qu'il pourrait bénéficier d'un peu plus de structure. Une poigne plus ferme.

Papa n'avait pas eu d'autre explosion de violence, mais il n'avait pas non plus ramassé le verre cassé. Il avait surveillé son langage, surtout quand tatie Dawn était à la maison. Peut-être qu'Addy avait raison et que je n'étais pas ce qu'il lui fallait pour guérir.

– Tu crois que c'est de ça qu'il a besoin ?

Elle a posé sa main sur la mienne.

– Oui. Je peux payer, tu n'as pas à t'inquiéter de ça. Mais je pense que vous devriez partir tous les deux. Lui en cure, et toi, pour rejoindre cet homme que tu aimes tellement.

J'avais une boule dans la gorge.

– J'ai raté le coche.

– Cours, rattrape-le, a-t-elle dit d'une voix douce. Tu as toute ta vie devant toi. Laisse ton père guérir. Aujourd'hui, il ne te mérite pas. Et à un certain point, il faut bien que tu admettes qu'il n'est pas sous ta responsabilité à toi, même si tu revendiques le contraire.

N'en parle jamais, Avery. Tu ne dois jamais en parler.

Les paroles de maman me sont revenues en regardant le dépliant.

– Jamais il ne sera d'accord. Son addiction… C'est quelque chose qu'il a toujours caché.

– Là, ma chérie, je dirais que c'est lui qui a raté le coche. L'ambulance et son hospitalisation l'ont bien montré. Franchement, je ne comprends pas pourquoi tu ne m'as pas demandé mon aide plus tôt.

– Il… Je… j'ai balbutié. C'était pour maman, parce que j'avais peur, si je m'en allais ou si j'attirais l'attention de l'extérieur, que le système nous prenne Addy. Elle était si petite, et moi j'étais au lycée.

– Mais ce n'est plus le cas. Tu serais une bien meilleure tutrice… Si c'est ce que tu veux. Je suis là, moi. Je vais rester là et, si tu veux t'en aller, je peux m'occuper d'Adeline. Mais quoi qu'il en soit, il a vraiment besoin qu'on le mette en cure.

J'ai acquiescé. Elle avait raison sur tous les points. La peur qui m'avait amenée à le couvrir toutes ces années n'avait plus de raison d'être.

– Je pourrais lui en parler.

J'ai regardé mon téléphone. Il me restait une demi-heure avant de partir.

– Laisse-moi juste m'habiller d'abord.

Dix minutes plus tard, en me dirigeant vers le salon, j'ai entendu tatie Dawn et Adeline discuter. Je me suis arrêtée à la porte pour les épier.

– Il y a une très bonne prépa de droit, et le campus est superbe, a dit Addy.

– J'en suis sûre, ma chérie. Je suis très fière que tu anticipes tout ça. Est-ce que tu as regardé ce qui existe par ici ? a demandé tatie Dawn.

Papa a essayé de se redresser péniblement, et elle l'a aidé en lui rajoutant un oreiller dans le dos.

Addy s'est mordu les lèvres, nerveuse, dardant un regard vers papa avant de lui répondre.

– Pas vraiment, non. Je crois que je devrais y aller. Le Colorado me tente vraiment.

J'ai souri en entendant l'envie dans sa voix. Son monde me semblait tellement ouvert, plein de potentiel. Et elle avait la détermination requise. Quand Adeline concentrait ses efforts sur quelque chose, elle arrivait toujours à ses fins.

– Et Avery, alors ? a demandé papa, injectant de la douceur dans son regard, comme il faisait quand il voulait quelque chose.

Un frisson m'a parcouru l'échine.

– Quoi, Avery ? a demandé Adeline, prudemment. Elle aime le Colorado.

– Bien sûr, mais elle ne va pas quitter la région. C'est chez elle, ici – chez toi aussi, mais je comprends que tu veuilles élargir tes horizons. Notre petite ville n'est pas au goût de tout le monde, n'est-ce pas ?

– Non, a-t-elle dit à voix basse, baissant les yeux sur ses mains.

– Je suppose…

Papa a secoué la tête, s'interrompant, et je me suis rapprochée un peu pour mieux l'entendre.

– Quoi ? a demandé Adeline d'une toute petite voix.

– Je crois que je n'ai juste jamais pensé que tu étais le genre de fille capable d'abandonner sa famille.

Non, pas ça !

– Oh, mais ça ne serait pas un abandon, a contredit tatie Dawn, mais le mal était fait.

Les épaules d'Addy étaient retombées.

– Je crois que je n'avais jamais vu les choses comme ça.

– Je parie qu'Avery, si, a-t-il dit en lui tendant la main. Et je ne sais pas comment elle s'en sortirait sans toi.

Toutes les fois où il s'était servi des mêmes paroles avec moi me sont revenues d'un coup, les souvenirs apportant avec eux une rage froide que je n'avais pas ressentie depuis la nuit de la mort de maman.

Pour lui, ce n'était pas une question de famille. Dans ce cas-là, que je sois là pour m'occuper de lui aurait été suffisant, et il aurait fini par laisser Adeline s'en aller. Mais non. C'était une question de contrôle.

Eh bien, j'allais le reprendre !

Je suis allée chercher la feuille bien pliée d'Adeline sur la table de l'entrée, j'ai attrapé un stylo, et je suis retournée au salon. Tatie Dawn m'a suivie, manifestement curieuse.

– Avery ?

Je l'ai ignorée et j'ai marché directement jusqu'à mon père.

– Addy, pousse-toi, j'ai dit.

Elle a sursauté et m'a laissé sa place. Je ne l'ai pas regardée. J'étais entièrement concentrée sur cet homme, qui me blâmait pour son malheur depuis mes quinze ans.

– Signe ça, j'ai dit, en lui tendant le papier et le stylo.

– Quoi ? s'est-il écrié, plein de dédain, en dépliant la feuille. Je ne risque pas de signer ça.

– Tu vas signer, j'ai dit. J'emmène Adeline au Colorado. Elle va avoir une vraie vie. Elle va pouvoir vivre la fin d'une véritable enfance, et après, quand elle sera grande, elle deviendra ce qui lui plaît. Elle ne va pas rester ici sous ta coupe, pour que tu puisses la culpabiliser à mort et qu'elle passe toute sa vie dans cette maison. Je refuse. Signe ce putain de papier.

– T'as perdu la boule, gamine ? m'a-t-il craché. C'est ma fille. Tu veux partir ? Vas-y. Personne ne te retient. Bon débarras ! Mais elle, elle reste, a-t-il terminé en pointant le stylo en direction d'Adeline.

Je me suis penchée vers lui pour qu'il soit le seul à entendre mon murmure.

– Tu signes ça, ou je lui raconte la vraie raison de la mort de maman.

Il s'est tendu.

– Tu étais stone au volant. Tu peux faire semblant que ton addiction est une conséquence de l'accident et t'attirer de la sympathie, mais j'étais assez grande pour me souvenir. Si on était chez mamie, c'est parce que maman essayait de te sevrer, pour que tu décroches avant que tes potes au boulot remarquent ce qui t'arrivait. Je le sais, papa. Je n'étais plus une gamine, à l'époque. Je l'ai entendue en parler au téléphone. Je savais déjà reconnaître tout l'attirail de la drogue.

– Tu ne ferais pas ça, a murmuré papa, de la panique dans les yeux.

– Je le ferais. Pour Adeline, je le ferais. Tu peux nous reprocher d'exister autant que tu veux, mais tu étais un drogué bien avant l'accident. Et je sais que la seule raison pour laquelle tu n'as pas terminé en prison, c'est que tu étais flic, et que ton pote a pensé que perdre maman allait te changer. Il ne voulait pas qu'on perde aussi notre père.

– Avery…

– Je t'ai détesté, mais j'étais aussi vraiment soulagée que tu sois vivant.

– S'il te plaît…

– Mais je ne ressens plus la même chose. Je pourrais très bien écrire un gros article sur le sujet pour le journal. Évidemment, peut-être que personne ne me croira, mais il y a des chances que tout le monde me croie… Adeline y compris. Signe ce papier, papa. Libère-la. Va te faire soigner. Ensuite, viens nous voir, et on verra si on peut réparer tout ce que tu as détruit petit à petit. En attendant… signe. Ce. Putain. De. Papier.

Un simple mouvement de son poignet a suffi, Adeline était libre.

Et moi aussi.

13

River

À la fin de mon circuit de course à pied, mon cœur battait beaucoup trop vite. Quand est-ce que j'allais finir par m'adapter à l'altitude ? Je courais tous les jours depuis cinq semaines, mais j'avais toujours l'impression d'avoir besoin de poumons neufs après six kilomètres.

– C'est embêtant, Zeus, je lui ai dit pendant qu'on faisait nos étirements respectifs sur les marches du perron.

Il m'a regardé d'un air exaspéré, puis s'est couché par terre pendant que j'étirais mes quadriceps. J'ai jeté un coup d'œil aux plates-bandes que j'avais plantées le week-end précédent, en me demandant ce qu'Avery aurait choisi.

Est-ce qu'elle aurait voulu en placer une autour de la boîte aux lettres que j'avais installée ? Quelle importance, putain ? J'ai fermé les yeux pour contenir la douleur qui allait déferler. Chaque moment où je pensais à elle était suivi d'une douleur dans ma poitrine, dans la région où j'avais eu un cœur auparavant.

Zeus a bondi pour me suivre dans la maison. J'avais fait enlever tous les meubles qui ne me plaisaient pas, mais j'avais trop la flemme d'en choisir de nouveaux. J'avais fait don de quasiment tous ceux que j'avais rapportés de l'Alaska. Ils ne convenaient pas, ici. Ils étaient trop… Avery. J'avais gardé le lit, ceci dit. Je n'arrivais pas à me défaire de celui où j'avais dormi à son côté, et où je lui avais fait l'amour.

J'aurais peut-être mieux fait de dire à Bash que je voulais une autre maison, une où elle n'aurait jamais mis les pieds. Il était déjà fâché contre moi parce que j'avais insisté pour lui rembourser celle-ci. Je m'en foutais. Je n'allais pas vivre dans une maison payée par un autre – qu'il appelle ça un bonus à la signature n'y changeait rien. Mais peut-être qu'il aurait mieux valu une maison différente.

Une maison où je ne pouvais pas la revoir en train de sourire, de crier de plaisir, ou sous mon corps, le dos arqué.

Où je ne la voyais pas là, debout dans ma cuisine.

Mon cœur s'est arrêté de battre, mes poumons, de respirer – je ne faisais plus un mouvement, à part cligner des yeux pour tenter de dissoudre l'image d'Avery debout devant la cuisinière, en train de préparer le petit déjeuner.

Franchement, sans l'odeur du bacon et les jappements excités de Zeus, j'aurais cru à un véritable mirage. Bon sang, il faisait vraiment le chiot pitoyable quand elle était là… Tout comme son maître, à vrai dire.

– Salut, a dit Avery d'une voix douce.

L'îlot de la cuisine nous séparait.

– Salut.

Elle se léchait les lèvres nerveusement. Sa chevelure tombait en vagues sur ses épaules et j'avais désespérément envie d'y enfouir mes doigts.

– Je me suis servie de ma clé, donc.

– Enfin. Il a fallu que je déménage à cinq mille bornes pour que tu le fasses.

Mes pieds refusaient de bouger. Je voulais me rapprocher, ne serait-ce qu'un tout petit peu, mais ils ne m'obéissaient plus.

Elle a eu un sourire forcé et, malgré tout, c'était la plus belle chose que j'avais vue depuis son dernier sourire dans cette maison, six semaines plus tôt.

– Il me faut parfois du temps pour agir, j'avoue.

– Il y a des escargots plus rapides, j'ai confirmé.

– Mais je suis là.

Sa manière de tourner et retourner la spatule dans ses mains trahissait sa nervosité.

– J'ai remarqué, j'ai dit.

Pourquoi ?

Pour la première fois, j'avais peur de poser une question toute simple. Peur que ce ne soit qu'une visite. Peur qu'elle veuille uniquement mon amitié, alors que je l'aimais si fort que ça me faisait mal.

Elle a dégluti, puis a sorti le reste du bacon de la poêle et éteint la cuisinière.

– J'ai cru que j'arrivais peut-être trop tard, a-t-elle dit en me regardant.

Elle a contourné l'îlot central. Elle portait une robe d'été bleu pâle de la couleur exacte de ses yeux.

– Je me suis demandé si tu avais tourné la page. C'est pas comme si t'étais moche, a-t-elle ajouté en marmonnant.

Je ne savais pas quoi lui dire. Chaque mot pourrait l'effrayer et la faire repartir en courant en Alaska.

– J'ai demandé à Harper de me déposer ici. Elle est avec Adeline à l'école en ce moment, elles vont chercher les papiers pour son inscription, a dit Avery.

D'un seul coup, mon cœur s'est remis à battre, la vie, à bouillonner dans mes veines. Elle emménageait ici. Elle avait amené Adeline.

Elle allait rester.

– Et… quand on est arrivées, j'étais terrifiée à l'idée de découvrir une autre femme dans la maison, tu vois ? J'ai été tellement conne de te laisser partir comme ça…

J'ai avancé d'un pas, mais elle a reculé et levé la main pour m'arrêter, secouant la tête.

– Non. Je te l'ai dit, quand tu me touches, je n'arrive plus à réfléchir.

Cette fois-ci, il m'a fallu un immense effort pour empêcher mes pieds de bouger.

– Mais en sortant de la voiture, a-t-elle continué, murmurant toujours, j'ai vu les plates-bandes fleuries. Et puis j'ai vu la balancelle que tu as installée sous le porche, et là, j'ai su.

Elle a souri, illuminée de joie.

– Su quoi ? j'ai demandé, parce que je voulais l'entendre de sa bouche.

– J'ai su que tu n'avais pas tourné la page. Que c'était toujours chez *nous*, même si je t'avais repoussé. J'ai su que tu m'aimais toujours.

J'ai failli en rire. Failli seulement.

– Ça fait sept ans que je t'aime. Il faudrait largement plus qu'un mois pour que je m'arrête. Ça prendrait au moins sept éternités.

Sa poitrine s'est soulevée quand elle a inspiré profondément, elle se contrôlait avec difficulté.

– Dieu merci, a-t-elle dit, et sa voix s'est brisée. Parce que je t'aime tellement fort, je ne sais pas ce que je ferais si toi tu arrêtais de m'aimer.

Trois pas, et je l'avais dans les bras, ma bouche pressée contre la sienne. C'était un baiser ardent, vorace, plus intense que ce que j'avais prévu, mais bon. Je l'ai soulevée et elle a noué ses jambes autour de ma taille. Je l'ai portée jusqu'à l'îlot pour la déposer dessus.

– Tu m'as tellement manqué, je lui ai dit en lui embrassant le cou, la clavicule, le haut de sa poitrine qui débordait de son décolleté.

– River, a-t-elle gémi en enfonçant ses doigts dans mes cheveux, à la base de ma queue-de-cheval.

C'était le plus beau son que j'avais jamais entendu.

– Je n'arrive plus à penser…

– Tant mieux, je lui ai dit, glissant ma main sous sa robe pour lui caresser la cuisse. Je t'ai laissée réfléchir un peu trop, on a déjà vu le résultat. À partir de maintenant, on pense avec le cœur, pas avec la tête.

Elle a plaqué sa main sur mon cœur.

– Et qu'est-ce qu'il dit, ton cœur ?

Je lui ai souri, rayonnant du bonheur incroyable que j'avais cru perdu pour toujours.

– Que je vais t'aimer jusqu'à ma dernière heure.

– Tant mieux. Mais t'as intérêt à être rapide, là, parce qu'on a juste une petite heure avant le retour d'Addy. C'est comme ça, la vie de famille.

J'ai rigolé avant de l'embrasser à nouveau, tout en glissant mes doigts dans sa culotte.

– Je n'ai pas encore pris ma douche, je lui ai dit.

– Je m'en contrefous.

Elle m'a pratiquement arraché mon T-shirt, puis elle a eu un petit cri quand j'ai remonté mes doigts le long de sa fente humide jusqu'à son clitoris.

– Tant que tu ne t'arrêtes pas… a-t-elle ajouté.

– Je risque pas, j'ai promis. Je ne pense qu'à toi depuis mon départ.

Je lui ai retiré sa culotte et j'ai laissé tomber mon short et mon caleçon. Je l'ai attirée au bord de l'îlot, entièrement concentré sur l'idée de la prendre, de la baiser jusqu'à ce qu'elle ne puisse plus jamais envisager de me quitter, puis de lui faire l'amour jusqu'à ce qu'elle accepte de m'épouser.

– Merde. Les capotes sont là-haut.

– Je prends la pilule, a-t-elle dit, haletante, tout en pressant ses lèvres contre les miennes. Vas-y, River, maintenant.

J'ai remonté sa robe jusqu'à sa taille, je me suis rapproché jusqu'à ce que ma queue touche doucement son sexe, et je me suis enfoncé d'un coup au fond d'elle.

Oh ! putain…

– C'était pas tout dans ma tête, alors, j'ai dit en continuant de l'embrasser goulûment. C'est vraiment si bon que ça, entre nous.

Elle a basculé son bassin contre moi, se servant de ses jambes autour de ma taille. Avec un grognement, j'ai abandonné l'idée de discuter. Au lieu de ça, c'est avec mon corps que je lui ai dit tout ce que je voulais lui dire. Chaque coup de reins était une déclaration de mes sentiments, chaque baiser implorait qu'elle ne me quitte plus jamais.

Et chaque petit cri qui lui échappait me disait combien je lui avais manqué. Chaque griffure de ses ongles exprimait sa soif de passion, qui rejoignait la mienne.

Je l'ai agrippée par les hanches pour la tirer plus près, ce qui a changé l'angle entre nous ; je savais comment la faire se tordre de plaisir.

– Oh ! oui, River, oui, s'est-elle écriée, et elle a continué à chanter mon nom quand j'ai pressé mon pouce contre son clito.

Je l'ai embrassée profondément, pour caresser l'intérieur de sa bouche avec ma langue sur le rythme de mes coups de reins entre ses cuisses.

Elle était brûlante, en fusion… J'avais l'impression d'être couvert de lave, de prendre feu en la baisant encore et encore, sans lui laisser le temps de reprendre son souffle.

Je l'ai sentie se resserrer autour de moi, ses cris de plus en plus forts, haletants, puis elle a retenu sa respiration et a implosé de jouissance dans mes bras, cambrée contre moi. Je ne pouvais pas résister et mon orgasme m'a emporté, a déchiré en lambeaux l'homme que j'étais avant pour me remodeler. J'étais le mec d'Avery, et rien d'autre.

C'était parfait. Elle était parfaite.

Elle m'a caressé la tête ; j'avais enfoui mon visage dans son cou. On était pantelants tous les deux.

– Waouh ! a-t-elle dit, comme quand elle avait vu notre maison pour la première fois.

– Tu n'as que ça à dire ? j'ai demandé en rigolant.

– Tu peux faire mieux ? a-t-elle rétorqué, un sourire espiègle sur les lèvres, quand j'ai relevé la tête pour croiser son regard.

Elle était si belle, ses lèvres un peu gonflées à cause de nos baisers, sa chevelure décoiffée par nos ébats.

– Je peux.

Elle a haussé un de ses sourcils délicats, curieuse.

– Bienvenue chez toi, Avery.

Épilogue

Avery

Deux ans plus tard

– Minuit. Tu m'as bien compris ?

River parlait d'une voix grave, menaçante.

– Euh, ou-ou-oui, a répondu l'adolescent qui attendait dans l'entrée de la maison.

– Je m'en fiche que ce soit la fête de la Rentrée. Je m'en fiche si tu t'imagines que c'est ton jour de chance. Si tu la touches autrement que comme elle l'a demandé expressément, on ne retrouvera jamais ton cadavre.

Le gamin a pâli et, perchée dans l'escalier, je me suis retenue de rire en regardant mon mari.

– Oui, monsieur, a ajouté le garçon, avec une voix plus assurée.

– Est-ce que tu as des capotes ?

– Q-quoi ?

– T'en as ? a aboyé River.

– Non, monsieur.

Le gamin paniquait, regardait tout autour de lui en cherchant de l'aide.

– Est-ce que c'est parce que tu t'en fous d'être protégé, ou parce que tu sais très bien que tu ne la toucheras pas ce soir ? l'a pressé River.

– Euh, je, si, je me protège, mais, euh, enfin, je n'ai pas encore eu de rapports, a dit le garçon d'une voix étranglée.

– Pas encore ?

– Je n'avais pas prévu de m'y mettre ce soir, monsieur !

– Bonne réponse. Minuit, sinon je pars à ta recherche. J'ai grandi ici. Je connais tous les recoins, et je sais exactement où trouver tes parents. Tu m'as compris ?

– J'ai compris, monsieur.

Il avait réussi à redresser sa posture, et je savais que ça lui vaudrait un peu plus de respect de la part de River.

– OK. Tant qu'on se comprend, Devin…

– Oui, on se comprend, a dit le gamin.

– Est-ce qu'il a fini de le terrifier ? a demandé Addy en descendant l'escalier, dans une robe de fête tout argentée.

Ma petite sœur était belle comme un ange.

– Je crois, oui. Tu pourrais voler à son secours, j'ai suggéré.

– Tu as pris assez de photos ?

J'en avais trois douzaines dans mon appareil.

– Oui, je pense. J'en ai déjà envoyé quelques-unes à papa, il a dit que tu étais magnifique. Tu as trouvé ta pochette de soirée ?

– Oui.

Elle m'a serrée brièvement dans ses bras.

– Merci.

– Je t'aime, je lui ai dit. Fais attention à toi. N'hésite pas à m'appeler au besoin, OK ? Quelle que soit la raison.

– J'ai compris.

Puis elle a rejoint son *date*, en faisant un bisou à River au passage.

– Je serai rentrée à minuit, c'est promis.

– Ouais, c'est ça, a marmonné River. Y a plus de chances que ce soit toi qui dépasses ton couvre-feu que lui.

– Ouais, ouais. Bisous ! a dit Addy avant de partir à la fête avec son compagnon.

J'ai rejoint River à la fenêtre du salon, d'où il les regardait partir.

– Il lui a ouvert la portière, a-t-il dit sur un ton approbateur.

Quand la voiture a disparu au loin, il m'a prise dans ses bras.

– Cette gamine va me tuer, je te jure.

– Tu fais très bien le papa, je lui ai dit.

Je savourais la sensation de son corps contre le mien. Après un an de mariage, je ne m'en lassais toujours pas. C'était la plus longue lune de miel imaginable.

– Tu crois ? a-t-il demandé.

– J'en suis sûre. Et ça me réjouit.

– Ah oui ?

– Oui, étant donné que dans environ sept mois, tu le seras pour de vrai.

J'ai observé sa réaction en me mordant la lèvre.

Il m'a regardée en écarquillant les yeux.

– T'es sérieuse ? a murmuré River.

– Confirmé par le docteur ce matin, j'ai répondu, les larmes aux yeux.

J'ai vu les siens s'emplir d'émerveillement.

– Un bébé…

– *Notre* bébé, j'ai ajouté.

Il m'a embrassée passionnément, posant une main protectrice sur mon ventre.

– Incroyable. C'est… parfait.

J'ai soupiré de contentement en lui rendant son baiser. C'était le genre de bonheur dont je n'avais jamais osé rêver, et pourtant il était là, en abondance – il débordait, il avait empli chaque recoin de mon cœur, tellement qu'il aurait pu le faire exploser.

River a jeté un coup d'œil à la fenêtre et m'a regardée à nouveau.

– Oh bordel ! Et si c'est une fille ?

J'ai rigolé.

– Ce serait si terrible que ça ?

– Je vous connais, vous, les filles Claire. Il va me falloir un fusil de plus.

– Tu dis ça, mais… une fille Maldonado serait pas plus facile.

Il a pâli.

– Deux fusils, peut-être.

Il m'a embrassée une nouvelle fois, et je me suis abandonnée à son étreinte, à son amour… à la promesse de notre toujours.

Emménager ici, choisir d'avoir une vie avec River… ça ne m'avait pas seulement libérée. Ça m'avait amenée *chez moi*.

Composition

PRESS·PROD

Imprimé en Espagne
Dépôt légal : mai 2025
ISBN : 978-2-7499-6079-1
LAF : 3579B